마흔,
고장 난 게 아니라
쉬는 겁니다

마흔,
고장 난 게 아니라
쉬는 겁니다

초판 1쇄 발행 ｜ 2024년 11월 11일

지은이 ｜ 정원선
펴낸곳 ｜ 메이드인
등　록 ｜ 2018년 3월 5일 제25100-2018-000014호
주　소 ｜ 서울특별시 은평구 연서로10길 15-6
전　화 ｜ 070-7633-3727
팩　스 ｜ 050-4242-3727
이메일 ｜ madein97911@naver.com
ISBN ｜ 979-11-90545-54-9 03810

마흔,
고장 난 게 아니라
쉬는 겁니다

정원선 지음

메이드인

회사는 그저
돈만 버는 곳일 뿐?

나는 콕 집어서 하고 싶은 일도, 뚜렷한 꿈도 없었다. 그나마 중화권 문화를 좋아해서 중국어를 전공으로 택했고, 집에서 반대하는 중국 유학도 다녀왔다. 통역사가 되고 싶었지만, 대학원 진학까지 하면서 통역사를 준비하기엔 집안 사정이 좋지 않았다. 아니, 집안 사정은 핑계고, 통역사가 되고자 하는 만큼의 열정과 인내까진 없었다는 표현이 더 정확할 것이다.

취업 준비를 하면서 중국어는 정말 제2외국어일 뿐이라는 사실을 절실히 깨달았다. 영어가 필수 요건인 회사가 대부분이었고, 중국어는 필수가 아닌 '우대사항' 취급일 뿐이었다.

취업 준비를 하면서도 내가 원하는 직무가 무엇인지, 어떤 회사에 입사하고 싶은지 진지하게 생각해 보지 않았다.

'굳이 알아야 해? 설령 알게 된들 원하는 곳에 들어갈 능력과 시간은 있어? 그냥 취직만 하자.'

머릿속엔 온통 잉여로운 취준 생활에서 벗어나고자 하는 욕구만 가득했고, 몇 군데의 면접 끝에 애증의 회사에 최직했다. 이때는 내가 이 회사를 14년이나 다니게 될 줄 몰랐다.

15년도 더 지난 일이지만 면접 당시의 대화가 지금도 또렷이 기억난다.

"어? 중국어 전공했네? 니하오마?"

지난 몇 번의 면접에서 아무도 내 전공이 중국어라는 점에 관심을 두지 않았는데, 내 전공을 보곤 반기며 농담까지 건네는 인사팀장님의 모습에 긴장이 풀렸다.

"우리 회사가 중국 톈진에도 공장이 있어서 현지 직원들이 자주 한국으로 출장 오거든요. 그럴 때마다 통역이나 번역 가능하겠어요?"

"네, 유학 시절 여러 중국인 친구와 어울려 지낸 경험도 있어서 회화, 독해, 작문에 문제없습니다."

원래 면접은 뻥튀기 아니겠는가? 문제야 닥치면 그때 생각하기로 했다.

면접을 끝내고 회의실 문을 나가려는데, 인사팀장님이 인사팀 과장님께 하는 말이 들렸다.

"나 얘 마음에 들어. 바로 사장님 최종 면접 일정 잡아."

비밀스럽게 소곤대는 인사팀장님의 목소리가 나에게까지 들려오자 당시엔 '다 들리는데……, 모르시나 봐'라며 인사팀장님의 허술함에 피식했다.

오히려 최종 면접인 사장님 면접은 별거 없었다. 말하는 걸 좋아하는 사장님은 면접 시간 1시간 중 본인 얘기를 50분이나 했다. 나는 관상으로 합격한 걸까, 하는 생각이 들 정도로 정말 본인 자랑만 늘어놓았다.

입사한 뒤 그 인사팀장님 밑에서 일하며 알게 된 건, 이 사람은 몸은 곰이지만 머리는 여우라는 점이었다. 자기 생각과 감정을 절대 남에게 내비치는 법이 없고, 늘 어떤 선택이 자신에게 더 이득인지를 따지는 사람이었다. 면접 때도 아마 일부러 나에게 귀뜸한 건 아니었을까 싶다. 나를 뽑기로 했으니 그렇게 알고 다른 곳 기웃거리지 말고 최종 면접 준비하고 있으라고…….

인사팀장님은 구매팀장 직무를 겸하고 있었다. 그래서 우리 팀은 구매팀 대리님 1명, 인사팀 대리님 1명, 구매 겸 인사 신입사원인 나, 이렇게 총 4명이었다. 면접관으로 내 면접에 참석했던 인사팀 과장님은 내가 입사하기 하루 전 퇴사했다고 한다.

"배고프면 탕비실에서 과자 한두 개 꺼내 먹어요."

긴장해서 얼어있는 내게 쵸코하임을 건넨 인사팀 대리님은 참 유머러스하고 다정했다. 비품을 관리하는 우리 팀특권이라며, 언제든 탕비실에서 다과용 과자를 꺼내 먹으라 했다. 그로부터 14년 내내 배고플 때마다 내 돈 주고 사먹기엔 아까운 '박스로 포장된 과자들'을 꺼내먹었고, 나중엔 박스 과자들에 질려 봉지 과자를 따로 사 먹기도 했다.

인사팀 대리님은 신입사원 시절 나의 구세주였다. 집은멀지만 차가 없는 날 위해, 우리 집까지 환승 없이 한 번에가는 버스가 다니는 정류장까지 늘 데려다주었다. 말이 쉽지, 퇴근 시간까지 맞추며 매번 나를 챙긴다는 게 여간 성가신 일이 아닐 수 없다. 고마운 마음에 주유 상품권을 몇번 건넸는데, 아주 앙칼지게 돌려주며 "또 이런 거 주면다신 너 안 태워줘!"라며 으름장을 놓았다. 자기 월급도얼마 안 되면서 센 척은……

직장생활이 처음이라 인간관계가 힘들었던 내게 언제나 따뜻하게 조언을 해주었고, 감당하기 버거운 업무를 맡아 끙끙대고 있으면 내가 좋아하는 맥심 커피믹스 한 잔을책상에 슬쩍 올려주며 내 퇴근을 기다려 주었다.

"야. 쉬엄쉬엄 해. 너 그러다 머리 다 빠져. 얼른 끝내고치킨이나 먹으러 가자."

입사하고 6개월쯤 되던 시기에 내 의사와 상관없이 품질팀으로 강제 부서 전환이 되었다. 품질팀으로 첫 출근 하던 날도 대리님은 나보다 먼저 품질팀 사무실에 와 있었다.

"여기 좀 춥네? 개인 히터 하나 신청해야겠어. 너 히터 없지? 내가 주문해 줄게."

볼펜, 메모지, 키보드, 마우스 등 제대로 다 갖춰졌는지 한참을 확인하곤 "점심시간에 보자"라며 쿨하게 품질팀 사무실을 나가던 대리님의 뒷모습이 참 든든했다.

그리고 몇 년 뒤, 대리님은 대학 시절부터 사귄 남자친구와 결혼했다. 여러 남자 못 만나보고 한 놈하고만 사귄 게 원통하다며, 나 보고는 많은 남자 만나보라는 조언을 끝으로 대리님은 유부녀가 되었고, 돈 벌어야 하니 자녀는 천천히 갖겠다고 해놓고 허니문 베이비를 가졌다.

그로 인해 출산휴가와 육아휴직으로 인사팀에 공석이 생겼고, 나는 대리님의 추천으로 2년 반 만에 품질팀에서 인사팀으로 복귀했다. 품질팀 업무가 적성에 맞지 않아 힘들었는데, 이런 나를 염려해 추천까지 해준 대리님이 고마웠다.

하지만 나의 부서 전환이 대리님에게 불러올 파장까진 미처 생각하지 못했다.

육아휴직 후 복직 한 달 전, 대리님은 양손 가득 비타

500을 들고 인사차 회사에 왔다. 인사팀장님은 대리님만 따로 불러 회의실로 갔고, 20분 정도의 시간이 흘렀다. 회의실에서 나온 대리님의 표정은 좋은 것도 싫은 것도 아닌 그 중간 어디쯤의 감정인 듯, 미간은 일그러져 있고 입꼬리는 어색하게 올라가 있었다.

"팀장님이 뭐래요?"

"아…… 나 인사팀으로 복직은 어려울 거 같대."

"네? 왜요? 저한텐 분명 지금 급여 아웃소싱 주고 있는 업체랑 계약 종료하고, 대리님이랑 나랑 둘이 그 업무를 나눌 거라고 하셨는데요?"

"영업팀에 새로 온 대리님이 퇴사하신대. 그래서 지금 인사팀엔 인원이 넘쳐나고, 영업팀엔 인원이 부족하다며 사장님이 나보고 영업팀 소속으로 복직하랬대."

"네? 넘쳐나긴 뭐가 넘쳐나? 나랑 팀장님 이렇게 둘밖에 없는데……. 그래서요? 그래서 뭐라고 했어요?"

"생전 처음 하는 일이라 할 수 있을지 걱정된다고 했는데, 그렇게 어려운 일 아니라서 할 수 있을 거래. 뭐 어쩌겠어. 내 의견 묻는 게 아니고 통보야, 통보. 너 품질팀으로 부서 전환 했을 때처럼……."

아, 나만 아니었다면……. 내가 인사팀으로 오지 않았다면, 내가 품질팀에 그대로 있었다면, 대리님은 원래 직무로 복직할 수 있지 않았을까?

"나 지금 회사 정문에 와 있는데, 좀 나와줄래? 혼자 들어가려니 뭔가 이상해, 못 들어가겠어."

오늘 아침에도 대리님은 회사 앞에서 쭈뼛대다 내게 전화했다. 늘 당당하고 거침없고 유머러스했던 대리님, 낯가림도 없던 사람이 갑자기 왜 이러나 싶었다.

"왜 그래요, 다른 사람처럼? 이런 사람 아니잖아요."

"모르겠어. 갑자기 좀…… 뭔가, 눈치까진 아닌데…….
복직하려니 어색하고 주눅 들고 그러네."

"주눅들 게 뭐 있어! 하던 대로 해요. 왜 이래요? 대리님이 이러면 나 슬퍼진단 말이에요!"

"뭘 또 슬퍼지냐! 어휴, 넌 하여튼 오바야, 오바!"

회사로 향하는 발걸음이 무거웠다던 대리님은 더 무거워진 발걸음으로 집으로 돌아갔다.

남녀고용평등법 : 제19조(육아휴직)

③ 사업주는 육아휴직을 이유로 해고나 그 밖의 불리한 처우를 하여서는 아니 되며, 육아휴직 기간에는 그 근로자를 해고하지 못한다. 다만, 사업을 계속할 수 없는 경우에는 그러하지 아니하다.

④ 사업주는 육아휴직을 마친 후에는 휴직 전과 같은 업무 또는 같은 수준의 임금을 지급하는 직무에 복귀시켜야 한다. 또한 제2항의 육아휴직 기간은 근속기간에 포함한다.

내가 불합리한 일을 당했을 땐 '그럴 수 있지 뭐'라며 넘겼지만, 내 동료가 당한 불합리한 처우는 참기 힘들었다. 과장도 대리도 아닌 일반 평사원 주제에 곰 같은 여우인 팀장님께 한껏 긴장한 목소리로 말했다.

"저…… 팀장님, 신 대리님 복직 건이요. 법에 위반되는 거 아니에요? 육아휴직 전과 같은 업무로 복직시켜야 한다고 나와 있더라고요……."

"나도 그 정도는 알아. 그런데 사장님이 완강해. 나도 얘기해 봤어. 네 맘은 뭔지 알겠는데, 안 되는 건 안 되는 거야."

"신 대리님이 영업 업무에 적응 못 하면 어떻게 해요……?"

"그럼, 뭐 어쩔 수 없지. 본인이 알아서 판단해서 그만 둬야지."

영업팀 국내영업 파트로 복직한 대리님은 이리저리 뛰어다니느라 늘 분주했다. 매출의 큰 부분을 차지하는 해외·국내 메이저 업체들에게 우선순위에서 밀리고, 대금 정산도 쌓여서 미수금이 수두룩한 소규모 국내업체들의 제품을 조금이라도 빨리 납품하기 위해 사무실보다는 현장에 머무는 시간이 늘어났고, 당연해졌다.

대리님은 현장에서 제품이 완성되길 기다리며 바쁜 생산팀 작업자를 대신해, 제품을 깎는 T(Thickness) 연마를 하거나, 모서리를 다듬는 R(Round) 가공까지 했다. 그렇게 제품이 완성되어 포장반으로 옮겨져도 다른 업체에 우선순위가 밀려 '포장 대기' 상태로 한쪽 구석에 몇 시간씩 방치되었고, 지체할 시간이 없던 대리님은 작업용 장갑을 끼고 포장까지 손수 하기 시작했다.

"신 대리, 제품 나왔어. 포장해~."

어느새 제품 포장은 당연하다는 듯 대리님의 일이 되었다.

"이래서 손 대면 안 되는 거였는데……. 죽이 되든 밥이 되든 그냥 놔뒀어야 했는데……. 내 죄다, 내 죄야."

책임감이라고 해야 할까, 미련하다고 해야 할까……. 늘 "내 일이니까 내가 해야지"를 입에 달고 살던 대리님은 이 악물고 버티며, 인사팀 대리로 있을 때와 영업팀으로 부서 전환 후 태도가 달라진 회사 사람들의 콧대를 납작하게 해 주고 싶어 했다.

어느 날, 아무리 바빠도 자료 정리를 위해 오후 5시면 자리에 앉아 있던 대리님이 5시 30분 퇴근 시간이 되었는데도 자리에 없었다. 걱정되어 현장 이곳저곳을 찾아다녔지만 보이지 않았다.

"신 대리 지금 창고에 있어."

물류창고 반장님이 대리님 위치를 알려줘 창고로 가보았다. 대리님은 불 다 꺼진 창고 안에 혼자 쭈그리고 앉아 있었다.

"대리님! 여기서 뭐 해요?"

"……."

"왜 그래? 뭔 일 있었어요?"

"업체에서 물건 이렇게 안 주면 물량 빼버리겠다고 욕을 하길래 팀장님께 보고했는데, 도와주긴커녕 이 정도도 해결 못 하면 그만두래."

"네? 김 대리 담당 해외 업체에 미납 한 건이라도 생기면 생산팀에 내려가서 물건 빨리 달라고 소리소리 지르던 그분이요?"

"응, 날 싫어하나 봐."

밝고 강단 있던 대리님이 풀이 죽어 있었다. 내 탓 같았다. 나만 인사팀에 오지 않았어도……. 대리님이 돌아올 자리만 그대로 있었어도…….

"아니에요. 그냥…… 매출 얼마 안 되는 작은 업체라…… 별로 신경 쓰지 않아서 대수롭지 않게 말한 걸 거예요. 알잖아요. 영업팀장님 매출에 민감한 거."

"나 이제 고작 3개월밖에 안 됐는데……. 복직하고 영업 업무 시작한 지 3개월밖에 안 됐는데……. 나보고 어쩌라고."

"아니면, 인사팀장님께 면담 요청해서 인사팀 차원에서 개선해 줄 수 있는 사항들은 없을지 물어보시는 건 어때요?"

"인사팀에서 해줄 수 있는 게 있을까?"

"다른 사람도 아니고 대리님 일인데, 설마 아예 모른 척 하겠어요? 인사팀장님 되시고 대리님께 도움 많이 받았던 팀장님인데?"

"그럴까? 밑져야 본전이니까……. 그렇지?"

내 입사를 축하하기 위한 부서 회식 날. 구매팀 업무만 해오다 이번에 처음으로 인사팀 업무까지 맡게 된 팀장님 은 원래부터 인사팀 소속이었던 대리님께 아주 살가웠다.

"신 대리, 내가 인사팀은 처음 맡아봐서 말이야. 앞으로 우리 잘 지내보자."

"네, 저도 잘 부탁합니다."

"팀장님! 오늘 입사 축하 자리 아니에요? 왜 자꾸 신 대 리하고 인사 업무 얘기만 하세요?"

회식 내내 대리님에게 업무 관련 질문만 해대는 팀장이 꼴사나웠는지 구매팀 대리님이 한마디 했다.

"신 대리 하는 거 보고 잘 배워 둬. 우리 회사에서 일 잘 한다고 소문났으니까. 난 신 대리 없었음 어쩔 뻔했나 싶 어. 끝까지 남아줘서 진짜 고마워."

내가 입사하던 시기는 한바탕 정리해고와 희망퇴직으 로 회사가 어수선했다. 그와중에 인사팀에서 유일하게 퇴사하지 않고 자리를 지켰던 대리님은 팀장님께 한 줄기 빛과도 같았다.

마지막 희망으로 대리님이 요청한 면담에서 인사팀장님은 완전 남 일이라는 듯 모르쇠로 나왔다.

"해줄 수 있는 게 아무것도 없어. 못 견디면 나가는 수밖에."

그때 처음으로 다짐했다.

'아무리 회사에서 돈만 벌면 된다지만, 정까지 잃지는 말자!'

결국 대리님은 복직한 지 6개월 만에 퇴사했다. 돈을 생각하면 더 다녀야 했지만, 이렇게 필요 없는 사람 취급받으며 마음 상하면서까지 일하고 싶진 않다고 했다.

"날 필요로 하는 사람이 이제 아무도 없는 것 같아, 이 회사엔."

"대리님, 죄송해요."

"뭐가?"

"제가 인사팀에 오지 않았다면……."

"야! 무슨 말도 안 되는 소리야! 내가 니 덕에 얼마나 마음 편히 휴직에 들어갔는데 그딴 소리냐!"

"그래도요. 빈 자리를 계약직으로 채용했으면 대리님이

인사팀으로 복직할 수 있었던 텐데…….”

“난 한 번도 그런 생각하지 않았어. 그리고 사실 육아와 일을 병행하는 게 좀 힘들기도 했어. 자꾸 짜증만 늘고……. 그래서 그만두는 거니까 마음 쓰지 마.”

“저 대리님 없으면 회사 어떻게 다녀요? 누구한테 물어보고, 누구한테 하소연해요.”

“돈만 벌어. 마음 주지 말고. 다치는 건 너야. 나 보고도 모르겠니?”

“…….”

“너 때문 아냐. 아직도 그런 생각 하고 있었어? 착해빠져선……. 너 없었음 나 6개월도 못 버텼어.”

평소에 네 네 하며 주는 대로 받아 가던 순해 빠진 대리님은 “육아휴직 후 원직으로의 복직이 아닌 부서 전환은 위반 사항이니 퇴직 위로금을 달라”고 회사에 요구했다. 평소였다면 말할 엄두가 나지 않았을 텐데, 악에 받쳐 그만두는 이상 실속이라도 챙겨가자 싶었다고 했다.

“신 대리, 설마 나 때문에 그만두는 거 아니지?”

마지막 출근 날, 영업팀장님은 농담 반 진담 반인 듯 웃으며 대리님께 말했다.

“맞아요.”

“뭐?”

“맞다고요. 그만 가볼게요. 수고하세요.”

16

평소 같으면 "아니에요"라며 애써 웃어 보였을 대리님의 사이다 발언에 지켜보던 나도 속이 시원했다.

"너 회사에 있을 때 경력증명서라도 미리 몇 장 떼어놓을 걸 그랬다야."

그 뒤로 1년에 한두 번 안부 연락을 주고받던 대리님이 먼저 연락을 해왔다. 아이들 학원비라도 벌어야 할 것 같아 재취업을 준비 중이라 했다.

"그 거지 같은 회사 아직도 망하지 않는 거 보면 참 대단하다, 대단해."

퇴사한 사람들에게 그 회사는 '거지 같은 회사'로 통한다.

"언니, 우리 그때 냉장고 청소한 거 기억나요?"

이제 난 신 대리님을 '언니'라고 부른다.

"그딴 케케묵은 노예 시절은 그만 추억하고, 얼른 결혼이나 해, 이것아."

언니의 말은 전혀 상처가 되지 않는다. 자주 연락하는 사이는 아니지만 1년에 한두 번 서로의 안부를 묻는다. 1년에 한두 번이지만 우리는 전혀 어색하지 않다.

회사라는 공간이 누구는 돈만 벌면 되는 곳이라 하지만, 어쨌든 사람이 어우러져 생활하는 곳이다. 돈만 벌어가겠다던 대리님은 정작 회사에 있는 내내 사회초년생인 나에게 마음을 주었다. 대리님의 언행불일치 덕에 힘들었던 회사 생활을 견뎌낼 수 있었고, 심각한 와중에 웃을 일도 많았다. 비록 대리님은 가셨지만, 훗날 내가 대리님 위치 정도가 된다면 후배 직원들에게 꼭 저런 다정한 사람이 되어야겠다고 입사 4년 차 때 다짐했었다.

오늘은 태풍의 영향으로 아침부터 굵은 비가 내린다. 비 오는 날엔 역시 막창이라며, 퇴근 후 막창 먹으러 가자던 대리님이 생각났다. 대리님 생각만 하면 탕비실 냉장고를 청소하던 그날이 떠오른다.

"넌 좀 쉬어, 아까 싱크대도 네가 다 닦았잖아. 여기 앉아 있어. 냉장고는 내가 할게."

궂은일은 언제나 인사팀 몫이던 그 시절. 남에게 시키기보다 자신이 직접 하던 때가 더 많던 대리님의 목소리가 그립다. 오랜만에 안부 연락을 해봐야겠다.

4장 와플 향 가득한 일상의 행복

1장

퇴근길의
뒷모습

맞아요,
이상한 냄새 우리 거예요

퇴근 시간이 다 되어 가는데 팀원 중 누구 하나 퇴근 준비는 하지 않고 자리에 앉아 있다. 직원들이 회사 돈으로 저녁밥 챙겨 먹기 위해 안 가고 있는 거 아니냐는 푸념을 사장님은 늘어놓았다. 그렇게 말하는 사장님 본인은 오후 4시가 다 되어서야 출근했다. 자기 말로는 프랑스 본사와 새벽까지 이어진 회의 때문에 아침이 되어서야 겨우 눈을 붙였고, 잠든 지 두 시간도 되지 않았는데 울려대는 메일 알림과 핸드폰 벨 소리에 깰 수밖에 없었다고 한다. 너무 피곤하면 오히려 잠이 오지 않는 기분을 아느냐면서, 그렇게 밤을 새우다시피 한 채 집에서 급한 용무들을 처리한 뒤 오후 4시가 되어서야 출근했다고.

입사한 지 얼마 되지 않은 신입사원들은 그 말을 곧이

곧대로 믿으며 '매우 피곤하시겠다' 하는 눈빛으로 사장님의 이야기를 경청한다. 하지만 사장님의 법인카드 경비 처리 업무를 담당하는 나는 알고 있다.

새벽까지 참석했다는 회의의 진위는 모르겠지만, 오전 10시쯤 집 근처 단골 스크린 골프장에서 요즘 푹 빠져 있는 골프를 치고, 점심으로 전복삼계탕(특)을 챙겨 먹는 게 사장님의 출근 전 루틴이다. 일주일에 한 번은 한의원에서 영양제 링거를 맞고 영수증 뒤에 '과로로 인한 영양 보충'이라고 사유를 적어온다. 소주와 맥주를 몇 병씩 단시간에 흡입하고도 다음 날 아침이면 숙취를 찾아볼 수 없는 밝은 목소리로 업무 지시하는 사장님 건강의 원천은 아마 이 링거가 아닌가 싶다.

오후 늦게 출근한 사장님은 처리할 업무가 있으면 얼른 끝내고 퇴근해도 될 것 같은데, 퇴근 시간이 30분밖에 남지 않은 5시쯤 슬그머니 사장실에서 나와 저녁식사를 함께할 직원들을 찾기 위해 사무실을 어슬렁거리며 직원들에게 말을 건다. 이 또한 '오늘도 어김없는' 사장님의 퇴근 전 루틴이다.

어제는 영업팀이 사장님과 저녁식사를 했다고 하니 오늘 후보에선 열외다. 고르고 고르던 사장님의 눈에 결국 우리 부서가 당첨되고 말았다. 우리 부서 팀원들에게는 슬픈 일이지만, 다른 부서들은 홀가분한 마음으로 시간에 맞취 퇴근을 서둘렀다.

평소 같으면 정시에 퇴근하는 직원들에게 농담의 탈을 쓴 불편한 말들을 해댔을 텐데, 이미 '픽'을 끝낸 사장님은 인심 쓰듯 직원들을 집에 돌려보내 주었다.

"그래요, 다들 수고 많았어요. 자~ 우린 바로 출발하지? 정 과장은 오늘 차 가져왔나?"

"네, 가지고 왔습니다. 회식 장소에서 뵙겠습니다."

"아아, 가지고 왔구먼. 그래요. 그럼, 이따 봅시다."

사장님은 집에선 아무도 말을 걸어주지 않는 건지, 회식 장소로 향하는 내내 자기 말을 들어줄 직원 한두 명을 태우고 함께 회식 장소에 가길 좋아한다. 자격요건은 사장님이 만족할 만한 리액션이 제공되는 멋 모르는 신입사원이나 과장급 이하의 실무자들이다. 직급이 올라갈수록 영혼 없는 리액션에 본심이 담겨, 이야기의 흥을 떨어뜨리기 때문이다.

나 또한 신입사원 때는 아무 생각 없이 '와, 사장님이 직접 운전해서 직원을 회식 장소까지 데리고 가주시다니. 꽤 괜찮은 분일지도……'라고 착각했었다. 사회초년생이던 당시 친구들 회사의 회식은 부장님이나 전무님 집 근처에서 늘 먹던 삼겹살, 막창, 꼼장어, 아나고 정도이고, 대리운전을 부르거나 택시를 타야 할 때는 자비 부담이어서 불만이 이만저만이 아니었다. 게다가 어떤 전무님은 자기

집 앞 막창집에서 회식하는 것도 모자라 "다들 3만 원씩 내"라며 회식비도 거둬갔다고 한다.

그에 비하면 맛집 위주로 선정되는 회식 장소와 사장님이 직접 운전해서 데려다주는 서비스 그리고 비틀거릴 정도로 취해도 대리비와 택시비는 꼭 챙겨주는 사장님 외 부서 팀장님들까지, 우리 회사의 가장 큰 복지는 '회식'이라 할 만큼 회식에 대해서만은 괜찮다고 느꼈었다.

하지만 곧 알게 되었다. 회식 장소까지 사장님과 한 차로 이동하는 게 어떤 의미인지를……. 나뿐만이 아니라 사장님과의 동행을 경험한 직원들은 이내 서로 등 떠밀며 피했다. 리액션이 문제가 아니었다.

직원들이 사장님과의 동행을 원치 않는 가장 큰 이유는, 이동 중의 대화 속에서 떠오른 아이디어에 대해 곧바로 업무 지시를 내리면서, 동승한 직원의 소속 부서나 직급에 상관없이 그 자리에 있는 직원을 담당자로 만들어 버리기 때문이다.

아직 업무 경험이 부족한 신입사원이나 그 업무와 전혀 관련 없는 과장급 이하 실무자들은 담당 부서의 팀장님과 의논해 업무를 진행해 주십사 하고 조심스럽게 의견을 내지만, 이미 그 아이디어에 꽂혀버린 사장님은 숲은 잊은 채 나무만 볼 뿐이다.

"사장인 내가 시켜서 한다고 하세요. 그럼 아무도 뭐라

하지 못할 겁니다."

말이야 쉽다. 내 업무도 아닌 일을 갑자기 맡은 것도 억울한데, 타 부서 팀원이 '사장님 지시 사항'임을 마패 삼아 자기 부서 일을 휘젓고 다니는 걸 좋아할 팀장이 누가 있겠는가? 이미 이런 사례가 빈번해 부서 간에 조금씩 감정의 골이 생기기 시작하던 참이었다.

신입사원들과 이제 막 본인의 업무에 재미를 느끼며 성과를 내기 시작한 중간 실무자들은 이러한 사장님의 업무 지시 방식에 대한 고충과 불만을 인사팀 실무자였던 내게 하소연하기도 했다.

회사 내 전반적인 고충 개선과 인재 관리는 인사팀의 중요한 업무이기도 하고, 젊은 실무자가 부족한 상황에서 더 이상의 인재 유출은 막아야 하기에, 과장으로 승진한 후에는 사장님께 개선의 필요성을 전달하기도 했다.

분위기 좋은 어느 회식 날, 하고 싶은 말이 있으면 서슴없이 얘기해 보라던 사장님의 제안에 이때다 싶었다. 최대한 예의 바른 언어로 치장하며, 소속 부서에 맡게 업무 지시를 해주십사 건의를 드렸다.

"나 그렇게 꽉 막힌 사람 아니야"라며 뭐든 수용할 듯 호언장담하던 모습은 말을 꺼내자마자 '뭣도 모르는 애송이가'라는 표정으로 바뀌었다. 내 말이 다 끝나기도 전에 사장님의 일그러진 표정에서 이미 알 수 있었다. 전혀 받아들여지지 않을 것을……. 예상대로 사장님은, 중소기업에선 모든 직원이 멀티플레이어가 되어야 한다며 본인의 생각을 바꿀 의향이 전혀 없음을 천명했다.

여러 부서의 일을 골고루 해봐야 멀티플레이어가 될 수 있고, 견문을 넓혀야 안목을 높일 수 있다며 포장하고 있지만, 이건 그냥 '마구잡이' '중구난방' '자기 편할 대로' '도떼기시장'에 불과하다는 걸 그 자리의 모두가 알고 있었다. 사장님만 빼고.

우리 회사의 현장 출입구 벽엔 '행복하게 일하는 회사'라고 적힌 커다란 플래카드가 걸려 있다. 모두가 행복한 회사를 만드는 게 본인의 꿈이라 설파하는 사장님은, 본인만 행복한 개똥철학을 직원들에게 강요한다.

견디고 견디다 퇴사를 결정한 직원의 사직서를 들고 사장실로 들어가는 날에는, "끝까지 해보지도 않고 중도에 그만두는 나약한 인간"이라며 퇴사를 결심한 직원의 뒷담화를 늘 한다. 본인만의 세계에 빠져 한참 뒷담화를 이어가다가, 엉뚱하게도 퇴사하는 직원의 선견지명을 칭찬하며 일장 훈시를 마무리한다.

"하긴, 이런 중소기업에 그런 인재가 오래 다닐 리가 없지."

본인은 하고 싶은 말 죄다 뱉어서 후련할지 몰라도, '이런 곳'에서라도 열심히 하려는 직원들은 모지리가 되면서 사기가 꺾인다.

우리 회사에 있는 직원들은 더 나은 조건으로 이직할 만큼의 능력이 되지 않는 모자란 사람들일 뿐이고, 그런 모자란 직원들을 이끌고 이익을 내려면 다그치고 몰아붙일 수밖에 없다는 게 사장님의 지론이다. 직원을 대하는 사장님의 그런 마음가짐을 직원들은 모두 알고 있다.

"정 과장, 오늘은 차 안 가져왔다고 하지 않았어? 수리 들어갔다며."

사장님이 우리 사무실을 나가자마자 물음표가 잔뜩인 얼굴로 차장님이 물었다. 역시 회사 생활의 기본은 눈치다. 내가 거짓말하고 있다는 걸 알았지만, 사장님이 나간 뒤 조용히 물어보는 차장님의 센스가 고마울 뿐이다.

"네, 사장님이랑 같이 가면 또 숙제 내실 것 같아서요."

"나는 업체 한 군데 들렀다 가야 해서 내 차로 같이 가진 못할 것 같은데 어쩌지?"

"괜찮아요. 회식 장소가 멀지 않아서 버스 타고 가면 돼요."

자재 창고를 담당하는 구매팀 반장님이 내 말을 듣고 말했다.

"어? 그럼 정 과장님, 저랑 같이 버스 타고 갈래요? 저도 오늘 차 안 가져왔거든요."

"네! 옷 갈아입고 10분 뒤에 정문 앞에서 봐요."

반장님은 안 그래도 혼자 가야 해서 심심했는데 같이 갈 '버스 동무'가 생겼다며 기뻐했다. 인사팀 회식이 잡히는 날이면 특별한 경우를 제외하곤 늘 구매팀도 함께했다.

나는 처음에 인사팀으로 입사한 게 아니었다. 인사팀과 구매팀이 한 팀장님 밑에서 통합되어 있던 시절, 구매팀 신입사원으로 입사해 구매팀과 인사팀 업무를 겸하게 되었다. 당시 팀장님이 건강상의 이유로 퇴사하면서 구매팀과 인사팀은 분리되었고, 그때 나는 인사팀이 되었다. 인사팀은 업무 공유가 잦았던 재경팀과 통합되어 재경팀 팀장님이 인사팀장도 겸하게 되었다.

구매팀과 완전히 분리되긴 했지만, 회사에서 소문난 팀워크를 자랑했던 구매팀과 인사팀이었기에 사장님은 구매팀과 인사팀이 함께 회식하는 걸 좋아했고, 오늘 인사팀 회식에 구매팀도 참석하라고 지시했던 것이다.

사장님의 '멀티플레이어론'의 역사가 꽤 깊음을 여기서도 알 수 있다. 인사팀장님이 퇴사하던 당시 사장님은 중소기업에서 부서마다 팀장을 두는 건 인건비 낭비일뿐더러, 그만큼 할 일이 많지도 않다는 이유로 팀장들을 겸직시켰다. 재경팀장님은 인사와 노무엔 경험이 없지만 맡아보겠다고 사장님의 제안을 받아들였다. 부서 통합 기념 회식 때 인사 실무를 이해하도록 앞으로 열심히 도와야겠다고 생각한 내게 재경팀장님은 이렇게 말했다.

"알아서 해, 알아서. 책임도 알아서 지고."

대놓고 무관심과 무책임을 예고한 상사는 또 처음이라, 그때의 분위기, 장소, 시간까지 선명할 정도로 충격이었다. 순간 또라이를 팀장으로 모시게 된 내 미래가 걱정되었다. 유일한 희망은 내가 또라이가 아님을 확인한 것이었다.

'어떤 조직이든 또라이는 한 명씩 존재한다. 만약 네가 있는 곳에 또라이가 없다면, 바로 네가 또라이다.'

그 뒤로 재경팀 분위기에 적응하지 못하고 겉도는 나를 다독여 준 건 구매팀 팀원들과 자재창고 반장님이었다.

"요즘 왜 이렇게 얼굴이 안 좋아요? 힘들어요?"

회사 정문에서 도보 5분 거리에 있는 버스 정류장으로 걸어가는 길에 반장님이 물었다.

"네, 역대급으로 힘들지만 어쩌겠어요. 제 일인데요……."

"오래오래 다녀요. 그만둘 생각 하지 말고."

반장님과 나는 평소에 겹치는 업무가 없어 대화도 잘 나누지 않을 뿐만 아니라, 어떤 날은 얼굴도 마주칠 일이 없는 사이다. 아무리 힘들어도 빈말로라도 퇴사를 입에 올린 적이 없었는데, 내 표정이 '이놈의 회사 때려치워 버려야지'라고 말하고 있는 건지. 그걸 또 점쟁이처럼 콕 집어 말하는 반장님의 염려가 진심으로 느껴져서 고마웠다.

"저도 오래 다니고 싶죠. 다른 데 가면 또다시 적응해야 하는 게 싫어서라도, 아직은 생각해 본 적 없어요."

"다들 그렇게 버티는 거예요. 도움 필요하면 언제든지 말해요."

평소 무뚝뚝하고 퉁명스러운 말투로 여직원들의 눈물을 쏙 뺐던 반장님이 바로 그 무뚝뚝하고 퉁명스러운 말투로 다정한 격려의 말을 건네니 믿어지지 않았다. 실은 퇴사를 생각하고 있음을 알려야 하나 고민할 때, 버스가 정류장에 들어섰다.

회식 장소는 공단에서 조금 벗어난 읍 번화가에 있는 횟집이었다. 버스 안에는 미취학 아동과 엄마로 보이는 나와 비슷한 나이의 여성 한 명이 하차 문 바로 앞에 앉아 있었다. 우리는 그 옆 좌석에 나란히 앉았고, 반장님은 창가 자리에 앉자마자 창문을 열어 바깥바람을 온 얼굴로 맞았다.

"금방 내리니까 자지 마요. 잠들면 놔두고 갈라니까."

나보다 고작 세 살 위인 반장님에게서 감동도 재미도 없는 아재개그가 나오는 걸 보니, 새삼 나이가 들고 있음을 실감했다. 각자 핸드폰을 보며 버스 안에서의 시간을 보내고 있는데, 옆 좌석의 아이가 버스 안의 사람이 다 들을 목소리로 말했다.

"엄마, 어디서 똥 냄새 나."

나와 반장님은 순간 멈칫했다. 아이 엄마도 냄새를 느꼈겠지만 모르는 척 아이에게 조용히 하라고 주의를 주었다.

"이상해. 아까까진 냄새 안 났는데, 저 아저씨 타니까 냄새나는 것 같아."

"아니야. 바깥에서 나는 냄새야. 조용히 해."

"냄새나는데 왜 조용히 하라고 해!"

"어허! 버스 안에서 큰소리 내는 거 아니라고 했지?"

냄새가 나서 냄새가 난다고 했을 뿐인 아이는 잘못이 없긴 하다. 아이의 추측대로 이 냄새의 근원지도 우리가 맞다. 반장님은 죄를 지은 것도 아닌데 괜히 찔려 창문을 더 열었다. 창문 밖을 쳐다보는 반장님의 옆얼굴엔 당혹감과 서글픔이 동시에 묻어났다. 반장님은 나를 슬쩍 보며 말했다.

"탈의실에서 좀 씻고 올 걸 그랬나?"

"씻을 시간이 어딨어요? 회식 시간에 늦는 거 사장님이 엄청 싫어하잖아요. 괜찮아요. 곧 내릴 거니까 신경 쓰지 마세요."

우리 회사는 자동차 부품을 만드는 회사로, 주 원재료인 구리 가루에선 정말 구리구리한 '똥 냄새'가 난다. 현장 출입구에서 다섯 발짝만 들어가도 냄새가 진동하고, 노조 파업이나 업무 지원 요청으로 현장 지원을 다녀오는 날이면 늘 샤워 도구를 챙겨와 회사 탈의실에서 씻고 퇴근해야 초라해지지 않고 대중교통을 이용할 수 있었다. 가끔은 아무리 빡빡 씻어도 머리에 밴 구리 가루 냄새가 2~3일은 갔고, 갑갑해서 장갑을 벗고 제품을 직접 만진 날에는 손톱에 낀 구리 가루 때문에 며칠 동안 손에서 냄새가 났다. 그래서 회식이나 약속이 있는 날이면 되도록 현장 출입을 자제했다. 이미 익숙해진 우리에겐 구리 냄새가 그리 강하게 느껴지진 않았다.

"정 과장은 좋겠어요. 그만두고 싶을 때 그만둘 수 있고."

창밖을 내다보던 반장님이 아끼는 '오래오래 다니자'더니 갑자기 퇴사 이야기를 꺼냈다.

"정 과장은 부양해야 할 가족이 없어서 언제든 그만둬도 되잖아. 부러워."

"인사팀장님이 그만두고 나가면서 다른 사람들한테 뭐라고 한 줄 알아요? '어차피 정 과장은 결혼하면 그만이니 신경 쓰지 마.' 이랬어요. 결혼하면 그만둘 사람이 지금 10년 넘게 다니고 있잖아요. 그사이에 자기는 정년퇴직할 때까지 다닐 거라며 입사했다가 퇴사한 남자 직원이 얼마나 되는지 아세요?"

퇴사할 때까지 내 앞에서는 칭찬만 하던 인사팀장님이 뒤에선 저런 말을 하고 다녔다는 사실에, 믿는 도끼에 발등 찍힌 충격이 참 오래갔더랬다. 여직원은 결혼하고 출산하면 육아휴직까지 다 챙긴 후 그만둔다는 식의 말을, 결혼도 하지 않은 내가 왜 들어야 했는지 지금도 모르겠다.

"제가 왜 부양가족이 없어요? 나 한 몸 먹고살려면 죽을 때까지 돈 벌어야 하고요. 혼자인 채로 늙을 수도 있으니까 노후 준비 해야 하고요. 혼자라 걱정할 부모님께 '나 돈 잘 벌고 있으니 걱정하지 마시라'고 하려면 용돈도 두둑이 드려야 해요."

나도 반장님과 같은 처지라고 말하고 싶어서 한 말이지만, 아마 위로는 되지 못했을 것이다. 하차할 정류장에 도착할 때까지 반장님은 한마디도 하지 않았다. 아재개그라도 해주길 바라며 신경 쓰지 않는 척 나는 핸드폰만 쳐다봤고, 반장님은 창문 밖 풍경에서 눈을 떼지 않았다.

몸에 밴 냄새를 날려버리려는 듯 열린 창문에 바짝 몸을 붙이고 있는 반장님의 뒷모습을 보니, 문득 아빠가 생각났다. 찌든 기름 냄새를 풍기며 퇴근하던 꾀죄죄한 아빠의 모습이.

"너희는 와이셔츠 입고 출근하는 직업 가졌으면 좋겠다."

36

나와 남동생이 초등학교 입학할 때부터 줄기차게 들어온 엄마의 당부였다. 작업복이 아닌 와이셔츠에 정장을 갖춰 입고 가죽으로 만든 네모난 가방을 둘러메고 또각또각 구두 소리 내며 출근하는 직업을 가지라는 엄마의 바람은, 자동차 정비소를 운영하는 아빠 때문임을 어린 나이에도 알 수 있었다.

아빠는 고등학교를 졸업하고 자동차 정비소에 취직해 일하는 틈틈이 기술을 익혔고, 부지런함과 성실함을 사장님께 인정받아 좋은 가격에 정비소를 인수했다고 한다. 그런 아빠의 손톱엔 늘 검은색 기름때가 있었고, 몸에선 기름 찌든 냄새도 났다. 퇴근하고 집에 오자마자 화장실로 직행해 샤워를 해도 아빠의 몸에선 미세한 기름 냄새가 여전했고, 손톱 밑의 검은 때도 남아 있었다.

어느 날 아빠와 남동생과 함께 소파에 앉아 엄마가 차려주는 저녁밥을 기다리는데, 갑자기 속이 니글니글하며 머리가 띵해졌다. 그때는 왜 이러는지 알 수 없어서 엄마에게 달려가 징징댔다. 그런데 엄마는 걱정은커녕 누구 닮아 이리 예민하냐며 그런 소리 말고 나가서 바람 한 번 쐬고 오라며 엄하게 혼내셨다. 잘못한 것도 없는데 언성 높이는 엄마가 이해되지 않았다. 이렇게 갑자기 머리가 띵해지는 일이 가끔 생겼고, 그때마다 엄마는 나를 혼냈다. 우리 엄마는 왜 이리 화가 많은 건지 궁금할 뿐이었다.

성인이 되어서야 짐작하게 되었다. 자동차 수리공인 아빠의 몸에 배어버린 기름 냄새가 두통과 메슥거림의 원인이었을 것이고, 내 투정이 아빠에게 상처가 되지 않을까 하는 엄마의 염려가 나를 향한 꾸짖음으로 이어졌음을…….

내 옆자리에 앉은 세 살 많은 반장님을 보고 있자니 그 시절 30대의 아빠가 생각났다. 반장님도 그때의 우리 아빠처럼 갓 초등학생이 된 딸과 유치원에 다니는 아들이 있다. 주택청약 당첨의 기쁨보다 갚아나가야 할 대출금을 더 걱정하던 우리 아빠처럼, 반장님 또한 갚아도 갚아도 줄지 않는 대출금이 있다고 했다. 자식들이 하고 싶다는 건 다 해주고 싶다는, 어느새 학부모가 된 내 직장 동료의 어깨에 우리 아빠가 짊어졌을 똑같은 짐이 보였다.

"반장님도 회사 때려치우고 싶을 때 있어요?"

버스에서 내려 회식 장소로 향하던 길에 반장님께 물었다.

"있지."

"언제요?"

"글쎄……. 언제든?"

"농담 아니에요. 진지하게 답해 주세요."

"농담 아닌데? 정말 그만둘 수는 없으니까 깊이 생각하지 않을 뿐이지."

"……."

"정 과장, 쉬엄쉬엄 해. 전력질주하면 탈 난다."

반장님은 어쩜 이리도 아빠처럼 말하는 걸까?

아빠가 회사 생활에 대해 늘 하는 이야기가 있었다.

"많이 먹으려고 허겁지겁 먹으면 체하는 것처럼, 회사 생활도 그런 거야. 오늘 해야 할 일도 내일로 미룰 수 있어야 해. 그럴 때마다 속으로 말하는 거야. '그러려니……' 하고."

아빠는 내게 아빠처럼 살라고 한 적은 한 번도 없다. 그런데 나는 아빠도 견뎌낸 무게이니 나도 견디고 참아야 한다고 생각했다. 아빠 자신도 권하지 않는 '아빠처럼'을, 나는 무엇을 위해 이어가려 했을까?

'가장'이기에 일을 멈출 수 없던 아빠와 반장님. 가장은 쉽게 퇴직할 수 없지만 혼자인 너는 언제든 그만둬도 되지 않냐는 부러움 섞인 말에, 나도 내 한 몸 건사해야 하는 가장이라 퇴사가 쉽지 않다는 말로 받아친 나. 그 말이 그저 발끈해서 나온 말은 아니었는지 의심스러워졌다. 우리 모두 똑같은 입장이라던 나의 외침을 나 스스로 의심하기 시작하니, 누구의 공감도 받지 못한 내 말은 허공을 맴돌았다.

'지금 내가 힘들다고 하는 게 맞는 걸까?'

먹는 즐거움이 사라질 정도로 위염과 장염을 번갈아 앓고, 무기력감과 우울감이 한동안 계속되었다. 하지만 이 정도는 누구나 겪는 거 아닐까? 내가 너무 예민해서 엄살 피우는 건 아닐까?

다음 주엔 꼭 사직서를 내야겠다던 결심이 흐지부지되면서 평소와 같은 일상을 보내고 있었다. 처방받은 약을 다 먹었는데도 위에서 통증과 불편함이 느껴졌고, 소화불량 증상이 벌써 몇 달째 나아지지 않고 있었다. 급하게 처리해야 할 일들만 오전에 마무리하고 근처 병원에 가기 위해 회사 정문을 나서며 친구와 통화했다.

"내시경 했는데 위염 증상만 약간 있고 큰 문제 없다며? 처방받은 약이 효과가 없는 거 아니야? 약을 바꿔 달라고 해봐."

"내가 좋아하는 모닝커피도 끊고, 매운 것도 안 먹고 열심히 관리했는데 아직도 왜 이런지 모르겠어."

"큰일이다, 자꾸 아파서……."

몇 달째 골골거리며 삼시세끼마다 약을 먹는 내게 친구는 스트레스 때문이라며, 스트레스의 원인인 그 거지 같은 회사에서 이제 그만 탈출하라는 말로 통화를 끝냈다.

"아직도 속이 안 좋으신 거예요?"

"네, 조금 좋아지긴 했는데 아직도 불편해요."

진료실 간이침대에 누워 진찰받으며 조목조목 증상을 설명했다. 의사 선생님은 내 말에 귀 기울이며 여러 군데를 꾹꾹 눌러보고 아픈 곳을 찾아냈다.

"음……, 지금 복용하고 있는 약도 꽤 독한 약이거든요? 2주째 복용 중이기도 하고……. 아직도 회복이 안 된다는 게……. 이게 다른 이유 때문인 것 같기도 하고……."

늘 화끈한 처방을 내리던 선생님이었는데, 얼버무리며 해야 할 말을 망설이고 있다는 기분이 들었다.

"그…… 이 약이 비급여라 비용이 좀 나올 수 있는데……."

"네? 아, 다른 종류의 위염약인가요?"

처방하려는 약이 비급여라 비싸서 말하기 껄끄러우셨나 보다 싶었다. 하지만 의사 선생님 입에서 나온 말은 예상과 달랐다.

"환자분 속이 불편한 원인이 몸이 아닌 듯합니다. 아무래도, 정신과 약을 먹어보시는 건 어떠실지……."

순간 의사 선생님 말씀의 의미가 이해되지 않았다. 지금 내가 평소에 다니던 그 내과 병원에 와 있는 게 맞는지 찬찬히 진료실을 둘러보았다.

"환자분, 어떻게 하시겠어요? 처방 받아보시겠어요?"

"아, 저……. 아니요. 좀 더 지켜볼게요."

도대체 누가 뭘 지켜보겠다고 하는 건지 모르겠지만,

정신과 약만큼은 피하고 싶어서 아무 말이나 막 내뱉었던 듯하다.

"네, 알겠습니다. 그럼 효과가 있을지 모르겠지만……
일단은 전에 해드렸던 대로 처방해 드릴게요. 스트레스가 늘 원인입니다. 아시죠?"

난생처음 몸이 아닌 마음의 질병에 대한 약을 권유받았다는 충격에 아무 말도 들리지 않았다. 정신과 약이 나쁘다는 게 아니다. 자신에 대한 무관심과 오만, 끝없는 의심으로 스스로 이 지경까지 몰아넣었다는 사실에 뒤통수를 세게 맞은 듯한 충격과 혼란에 휩싸였다.

"병원 다녀왔어? 왜 문자도 안 읽어? 약 바꿔 달라고 했어?"

"아니, 그대로 처방받아 왔어."

약국에서 처방약을 받아 들고 나오는데 아까 그 친구에게서 전화가 왔다.

"약을 먹어도 증상이 나아지지 않는데 왜 또 그 약을 받아왔어? 의사 선생님께 제대로 설명한 거 맞아?"

"……."

"왜 말이 없어?"

"나보고 정신과 약을 처방 받아보는 건 어떠냐고 하셨어."

"뭐?"

신호등의 빨간불이 녹색불로 바뀌었다. 깜빡이는 녹색불을 보며 무의식적으로 회사를 향해 걸었다. 서러움이 복받쳐 왔다.

"내가 지금 이런 꼴인데, 남과 비교하고 있었어. 엄살이면 어쩌나 이딴 생각이나 하고 있었어. 내 몸이 아프다고 이렇게 신호를 보내는데, 호강에 겨운 소리라고 여겨질까 봐 참고 있었어."

횡단보도의 끝에서 결국 눈물이 터졌다. 지나가던 사람이 쳐다보든 말든 전혀 신경 쓰이지 않았다.

"그만둬. 그만두라고 했잖아. 뭘 또다시 생각하고 있어. 넌 할 만큼 했어. 쉬는 게 맞아."

진작부터 그만두라던 친구는 속상함에 날 다그쳤고, 그 와중에 굵직한 업무들이 남아 있는 상황이라 언제쯤 그만둬야 지장이 없을지를 먼저 고민하는 내가 한심하기 짝이 없었다.

누굴 원망하고 누굴 탓할까. 나를 가장 힘들게 한 건 이렇게 생겨먹은 나 자신이었다.

사장님이 얼굴 보고
직원을 뽑았다는 소문이 돌았다

　혼자만의 시간에서 에너지를 얻는 전형적인 MBTI의 I 성향인 나지만, 가끔 밥 먹자며 연락 오는 전 직장 동료들과의 만남은 꽤 즐겁다. 그들과 만나며 이야기하다 보면 몇 번씩 화제에 오르는 사건이 하나 있는데, 바로 '사장님의 면접자 현장 투어' 사건이다.

　매출도 좋고 사내 갈등도 적어 나름 '태평성대'를 누리던 시절이었다. 영업팀 소속이던 포장반은 20년 넘게 재직 중이던 반장님과 사원 한 사람으로 구성되어 있었는데, 건강상의 이유로 포장반 사원이 갑작스레 퇴사했다. 긴급으로 구인 공고를 낸 지 하루 만에 지원자가 10명 넘게 모였고, 영업팀장님과 회의 끝에 1차 면접자 3명을 뽑았다.

"포장반 서류 합격자 이력서 한번 봅시다."

사장님이 "내가 서류 심사까지 관여해야 하나? 팀장들이 제대로 하는 일이 도대체 뭐야? 하나부터 열까지 내 손을 다 타야 일이 돌아가?"라며 최종면접에만 관여하겠다고 으름장을 놓은 지 얼마 되지 않은 시점이었다.

"도대체 무슨 기준으로 서류 합격자를 뽑은 겁니까?"

"동일 업종과 직무 경력 기준으로 선정했습니다."

"노안 와서 제품이나 제대로 보겠어요? 젊은 사람으로 뽑아요, 젊은 사람으로."

본인도 서류 볼 때는 돋보기를 꺼내 드는 60대면서 나이를 들먹였다. 한두 번 들은 것도 아니지만 들을 때마다 거북스러운 건 어쩔 수 없었다.

쏟아지는 사장님의 지시들 가운데 짬을 내어 꼼꼼히 이력서를 검토했던 영업팀장님은 기분이 상한 듯, 나에게 이력서 검토와 1차 서류 합격자 재선정 업무를 넘기며 한숨을 쉬셨다.

"정 대리가 20대, 30대 중에 아무나 선정해 봐요. 나는 더는 이력서 안 보렵니다. 어차피 사장님이 마음에 드는 사람 뽑을 텐데 봐서 뭐 해요? 할 일도 많은데 잘됐네."

그렇게 다시 2명의 여성 지원자를 1차로 선정했다. 영업팀장님도 경력이 2~3년은 있는 지원자들에 나름 흡족해하시며 면접 일정을 잡아보라고 지시하셨다.

면접 날, 두 지원자 모두 면접 시간보다 일찍 회사에 도착했다. 간단한 차를 내어주고 30분의 시간차를 두고 1차 면접을 시작했다. 두 번째 면접자는 29세 여성으로, 누가 봐도 예쁘다고 생각할 만한 눈에 띄는 미인이었다. 첫 번째 면접자의 면접이 끝나고 두 번째 면접자를 인솔하는 도중, 느지막이 출근하던 사장님과 우연히 마주쳤다.

"정 대리, 이분이 오늘 포장반 경력직 면접자인가요?"

"네, 오늘 마지막 면접자입니다."

"그렇군요. 면접 잘 보세요."

사장님은 평소 들어본 적 없는 다정한 목소리로 면접자에게 인사를 건네고 사장실로 들어갔다.

대략 30분 정도의 면접이 끝나고, 두 번째 면접자에게 1차 합격 여부 및 최종 면접 일정을 설명하고 있는데, 영업팀장님이 부랴부랴 다시 면접장으로 들어오셨다.

"정 대리, 사장님이 출근하신 김에 최종 면접도 오늘 봤으면 하시는데?"

"네?"

영업팀장님께 물어볼 말이 있다는 눈빛을 보낸 뒤, 슬쩍 자리를 옮겼다.

"이분이 1차 면접 합격인가요? 그럼 첫 번째 면접자에게 불합격 통보하면 되나요?"

"나는…… 첫 번째 면접자 경력이 더 마음에 들긴 하는데……. 혹시 오다가 사장님 마주쳤어?"

"네, 복도에서요."

"인상이 좋다나 어쨌다나. 어휴…… 난 모르겠다. 사장님 시키는 대로 해드려."

알아서 하는 게 없다며 다그칠 때는 언제고, 이젠 별걸 다 관여하려 한다며 짧은 하소연을 남기고 영업팀장님은 사무실로 가셨다.

"보통은 사장님께 외부 일정이 많아서 최종 면접은 다른 날 진행되는데, 마침 사장님 일정이 비어서 1차와 최종 면접을 같이 볼 수 있게 됐네요. 최종 면접 끝나고 접견실에서 대기해 주시면, 제가 합격 통보 일정 알려드릴게요."

가끔 최종 면접일 전달 차 1차 합격자에게 전화하면, "또 거기까지 가야 하나요?" 하며 대놓고 불편함을 드러내는 면접자도 있었기에, 이번엔 그런 하소연은 듣지 않게 되었다며 좋게 받아들이려 했다.

두 번째 면접자를 사장실로 데려다준 지 10분도 채 되지 않았는데, 사장실 문이 열리는 소리가 났다.

"정 대리, 면접자 데리고 현장 투어 다녀올게요. 본인이 어떤 회사에서 근무하게 될지 면접자도 알아야지."

'언제부터 면접 도중에 근무지 투어를 직접 도셨나요?'

묻고 싶은 말을 속으로 누르는 사이에 사장님은 면접자와 함께 사라졌다. 굵직굵직한 일이 아니면 현장엔 코빼기도 보이지 않는 사장님이 직원도 아니고 면접자를 현장 투어 시켰다는 소문은 삽시간에 퍼졌다.

"정 대리님, 지금 사장님이 현장 투어 시키고 있는 여성분 누군지 아세요? 포장반 면접자라던데 맞아요?"

소문이 퍼지자마자 궁금한 건 본인이 가장 먼저 알아야 직성이 풀리는 가공반 반장님이 우리 사무실까지 올라와 물었다. 나는 순간 거짓말을 해버렸다.

"아, 네. 맞아요. 포장반 면접자인데, 최종 합격할 것 같아서 미리 현장 투어 중이에요."

"사장님이 직접? 처음 있는 일 아냐?"

"아, 원래는 영업팀장님이 현장 투어 하셨어야 했는데, 다음 주 예정된 회의 자료 준비로 정신없으셔서, 최종 면접관이신 사장님이 어쩔 수 없이 직접 투어 시키고 계세요."

또 사실이 아닌 말을 해버렸다.

"인사팀장은 뭐하고?"

"팀장님…… 지금 은행 외근 중이세요."

느는 건 거짓말뿐이다.

"아무리 그래도 그렇지. 사장님이 직접 면접자 현장 투어 시킨 적이 있어? 재직자도 안 시키는데. 얼굴 보고 저러는 거 아냐?"

'이 말이 하고 싶어 참 많이도 돌고 돌아 물으시네요.'

하고 싶은 말을 누르고, 내 잘못도 아닌 변명을 반장님에게 늘어놓았다.

"반장님, 말이 되는 소리를 하세요~. 예쁘다는 건 반장님 개인적인 생각이잖아요. 사장님은 전에 관리직 사원들 데리고 현장 투어 하신 적 있으세요. 괜히 이상한 소문 내시면 안 돼요. 아셨죠?"

물론 관리직 사원 현장 투어 따위는 없었다.

"벌써 현장에 소문 다 났어. 사장이 얼굴 보고 직원 뽑았다고."

각 공정 기계 하나하나를 열정적으로 설명하는 사장님과, 평소 하지 않는 행동을 하는 사장님을 수상하게 보는 직원들이 눈에 보였다.

예상대로 두 번째 면접자가 최종 합격했다. 조용한 성격의 합격자는 수다스럽지 않고 열심히 배우려고 해서 포장반 반장님도 마음에 들어 하셨다.

3개월의 수습 기간이 끝나갈 무렵, 영업팀장님이 헐레벌떡 우리 사무실로 들어왔다.

"정 대리, 혹시 들었어? 이번에 뽑은 포장반 직원 그만두겠대. 몸이 안 좋아서 그만둔다는데 입사할 때 제출한 건강검진표엔 문제없었지?"

"네, 특별히 문제 되는 부분은 없었는데……. 어디가 아프대요?"

"몰라. 일하다 아파서 그만두는 거니까 산재 신청까진 안 할 테니 권고사직 처리해달래."

"네? 확실히 산재예요? 일하다가 어디 다치신 거예요?"

"입사한 지 얼마 안 됐는데 아파서 그만둘 정도로 일을 시켰겠어? 포장반 반장님 말로는 실업급여 때문인 것 같대. 전 직장 근무기간이랑 합치면 딱 실업급여 수급 조건이 되는 모양이더라."

골치가 아팠다. 다시 포장반 구인을 진행해야 하는 것도 번거로웠고, 산재를 들먹이며 권고사직을 요청하는 것도 어떻게 대응해야 할지 걱정스러웠다.

"원하는 대로 해주세요. 포장반 구인 공고도 다시 내고."

"사장님, 권고사직이 아닌데 허위 신고로 퇴사자가 실업급여 수급을 할 경우 사업주도 처벌받을 수 있습니다. 위법 이력 만드는 건 좋지 않을 듯합니다."

"그럼 정 대리가 연락해서 잘 해결해 봐요. 거참, 사람 그렇게 안 봤는데……. 여러모로 번거롭게 하네요."

결국 뒤처리는 내 몫이 되었다. 퇴사자는 일부러 전화를 받지 않는지 이틀째 통화가 되지 않아 문자를 보냈다. 실업급여 수급을 위한 허위 신고는 하지 않는 게 회사의 방침이라는 점, 다친 게 맞다면 회사에서 치료비를 부담하거나 산재 처리를 해주겠다는 것도 자세하게 적어 '연락 바란다'는 말과 함께 보냈다. 문자를 보내고 몇 시간이 지난 뒤 짧은 답을 받았다.

- 됐어요. 그냥 퇴사할게요.

"여자 밝히는 사장이 결국 여러 사람 힘들게 했지. 다 늙어서 무슨 추태래."

"정 대리, 남자로 뽑아, 남자로. 정 대리만 뒤처리하느라 고생했겠네."

"생각할수록 변태 같다, 사장."

나는 한동안 사장님의 구린 추문을 덮느라 거짓말쟁이로 살아야만 했다.

"얼굴 보고 뽑은 게 아니고 동일 업종 근무자로 경력도 꽤 괜찮았어요. 1차 면접 때 영업팀장님도 마음에 든다고 하셨고요. 그러니까 자꾸 이상한 소문 내지 마세요."

오랜만에 만난 구매팀 김 부장님이 또 그때의 일을 안주 삼아 꺼냈다.

"기억나? 사장이 포장반 여직원 얼굴 보고 뽑았다가 뒤통수 맞은 거?"

"알죠, 알죠. 그 얘기 OJT 현장 교육 때마다 현장 반장님들이 신입사원들한테 얘기하는 거잖아요. 그래서 모르는 직원이 없을걸요?"

"정 과장님, 그거 정말이에요? 사장님이 얼굴 보고 마음에 들어서 유일하게 현장 투어까지 시켰다는 게?"

"아니야. 얼굴 보고 뽑은 게 아니고 면접자 중에 제일 괜찮았어."

이미 그만둔 회사에, 자기밖에 모르는 이기적인 사장이지만, 이 사건에 대해선 여전히 사장님을 두둔하는 나. 내가 왜 굳이 이렇게 편을 들고 있는 걸까? 생각해 보면 가장 큰 이유는 이 사건이 아니더라도 욕할 거리가 무궁무진한 사장님이었기 때문이다. 이 한 건쯤이야 없던 일로 쳐줘도 사장님의 평판은 여전히 바닥이다. 그 때문에 나는 퇴사해서도 여전히 거짓말쟁이 짓을 하고 있다.

어쩌면 14년이나 몸담았던 회사가 경력은 깡그리 무시하고 얼굴 보고 사람 뽑는 그런 저급한 회사인 걸 인정하고 싶지 않아서일지도 모른다.

하차벨을 누를 차례

　똑같은 퇴근 시간이더라도 여름보다 겨울의 퇴근길이 더 서글프게 느껴진다. 아마 겨울이 여름보다 해가 더 빨리 지기 때문일 것이다.

　여름 오후 5시 30분, 아직도 대낮같이 밝은 하늘을 마주하며 회사 정문을 나설 때면 마치 오후 1시쯤 반차 쓰고 퇴근하는 듯한 기분이 들어 괜히 신나기도 한다. 실제로 남은 그날의 시간보다 더 많은 시간이 있는 듯한 착각. 여름엔 왠지 동료들과 급하게 소맥을 몇 잔씩 때려 마시며 급하게 취한 뒤 다음 날 출근을 위해 급하게 헤어지지 않아도 되니 좋다.

　같은 이유로 겨울은 반대다. 책상을 정리하고 탈의실에

서 개인 소지품을 챙겨 정문으로 걸어 나가는 복도에서부터 바깥의 어둠이 느껴진다. 정문 오른쪽 벽에 설치된 지문 인식기에 퇴근 시간을 기록하기 위해 검지를 들이밀며 시간을 확인하지만, 어두운 하늘과 현재 시각은 도저히 어울리지 않는다.

"6시도 안 됐는데 이렇게까지 어둡다고? 겨울이네, 겨울이야. 에휴, 서글프다. 그렇지, 정 과장?"

뒤에서 순서를 기다리던 현장 반장님도 나와 같은 기분이 드셨나 보다.

"이럴 거면 돈이나 더 벌게 야근하고 갈까? 어때?"

"반장님은 그러세요. 저는 집에 갈래요."

겨울 퇴근길에 마주치는 현장 반장님들이 자주 건네는 농반진반의 퇴근 인사에 더 이상의 대화는 차단한다는 듯 정색했다. 아무리 농담이라도 야근하고 있는 내 모습은 상상조차 싫다.

"과장님, 오늘 차장님들 양대창 먹으러 가신대요. 우리도 따라갈래요?"

친하게 지내는 타 부서 차장님들이 법인카드로 비싼 양대창을 먹으러 간다는 소식을 전해 들은 박 대리가 혼자 끼기 뭐해서 같이 가자는 티를 팍팍 내며 물었다.

"내일 일이 있어서 오늘은 일찍 집에 가서 쉬고 싶어. 미안."

"요즘 과장님 너무 피곤해 하시는 거 아니에요? 우리 같이 저녁 안 먹은 지도 되게 오래된 거 알아요? 그렇게 일이 많아요?"

"아냐. 그냥 내일 중요한 회의라서 맑은 정신으로 준비해야 해서 그래. 끝나면 같이 저녁 먹으러 가자."

회사에서 공식적으로 정한 '가정의 날'인 잔업 없는 매주 수요일이면 마음 맞는 동료들과 맛있는 저녁을 먹으러 다니던 게 즐거움이던 때가 있었다. 하루의 고됨을 나누고자 시작한 동료들과의 저녁식사가 정기적인 친목 모임으로 발전했고, 퇴근 시간을 함께 맞출 수 있는 가정의 날이 우리 모임의 공식 회식일이 되었다.

차장급과 팀장급은 모임에 가입할 수 없다. 그분들이 오면 친목 모임이 아닌 업무의 연장이 되기 때문이다. 모임에서 스트레스를 푸는 게 아니라 스트레스를 더 받을 가능성 100퍼센트다.

1차는 평소 잘 먹지 못하는 음식들을 안주 삼아 술을 마신다. 2차는 술을 깰 겸 노래방에 가는데, 탬버린을 격렬하게 흔든 덕분에 다음 날이면 손목이 아프고 손바닥, 허리, 골반 언저리엔 멍이 들어 있다. 그렇게 한풀이의 시간을 보내고 나면 다시 배가 고파온다. 3차는 노래방 근처 24시 국밥집에서 콩나물국밥과 소주 몇 잔으로 해장한다. 고단할 내일을 견딜 위로를 주고받는 것으로 회식은 마무리된다.

다음 날이면 늘 '국밥집에서 소주는 더 마시지 말걸' 후회하며 모두가 짠 듯 시체처럼 자리에 앉아 있다.

과장으로 승진한 뒤 노무 업무를 본격적으로 전담하게 되면서, 이제 시체처럼 사무실에 앉아만 있을 수 없게 되었다. 임단협, 즉 임금 단체협약 교섭 날이면 아침부터 시도 때도 없이 사측 제시안과 노측 요구안에 대한 사측의 검토 결과를 바꿔대는 사장님의 등쌀에 정신이 없다.

사장님 본인도 생각이 다 정리되지 않은 듯한데 일장 연설까지 해대는 통에 도대체 수정하라는 게 무엇인지, 원하는 게 어느 대목인지 도통 알 수 없을 때가 한두 번이 아니었다. 그래서 길어지겠다 싶은 사장님과의 통화는 녹음하는 버릇이 생겼다. 통화를 끝내도 갈피를 잡지 못할 때는 녹음해 둔 통화 내용을 몇 번씩 다시 들어보며 '대화의 핵심'을 찾아내야 했다.

그렇게 쉴 새 없이 자료 수정을 하며 오전 근무 시간을 치열하게 보내고, 오후 임단협 교섭이 끝나면 회의록 정리, 다음 교섭을 위한 끝없는 회의, 사장님의 끝없는 요구, 끝없는 자료 수정으로 이어지며 정시 퇴근은 꿈도 못 꿨다.

임단협 교섭은 보통 오후 2시에 열리는데, 점심시간에 사장님이 수정을 요구한 탓에 식사도 거른 채 교섭 자료를 수정하는 일도 잦았다. 사장님의 법인카드 사용 명세와 개인 경비 마감 업무도 담당하던 나는, 사장님의 경비 영수증을 정리하다 교섭 자료 수정을 요구하던 그날 12시 50분경 전복삼계탕(특)을 결제한 법인카드 영수증을 보게 되었다.

점심시간인 거 뻔히 알면서, 점심시간은 휴식 시간임을 뻔히 알고 있으면서, 점심시간이 끝나자마자 바로 교섭이 시작될 것을 뻔히 알면서…… 늘 출근은 하지 않고 교섭 개시 10분 전까지 다급하게 전화로 업무 지시만 해대는 사장님의 전복삼계탕(특) 영수증에 왠지 모를 배신감이 치밀었다. 더군다나 사측 교섭위원인 팀장님도 점심시간을 누리는데, 왜 나만 아등바등 이러고 있나 싶어 서글퍼졌다.

점심시간도 없이 온종일 교섭 준비로 하루를 정신없이 보내도, 밀려 있는 기존 업무들을 처리하기 위한 야근이 일상이 되어 버렸고, 심신은 지쳐갔다. 그 좋아하던 직원들 친목 모임도 점차 가지 못했다.

"요즘 왜 안 웃어? 잘하던 농담도 안 하고. 힘들어?"

사내 식당 관리도 내 업무여서 다음 달 식단표를 프린트해 식당으로 들고 내려온 내게, 10년 이상 함께 근무해 온 조리사님이 물었다. 그 질문에 울컥했지만 아무렇지 않은 척 목소리 톤을 높여 밝은 척했다. 티 내고 싶지 않았다. 나만 힘든 게 아니니까.

"제가요? 아닌데요? 아무렇지 않은데요?"

긍정으로 하루를 마무리하려 노력해도, 이상하게 겨울의 퇴근길엔 스스로가 더없이 안쓰럽게 여겨졌다. 조리사님의 말씀대로 무슨 말이든 까르르 웃으며 10대 소녀처럼 잘 웃고 자주 농담하던 내가 언젠가부터 보이지 않았다. 짜증이 기본으로 깔린 내 말투에 서로 대화가 줄어갔고, 농담에 대꾸조차 하지 않으니 점점 말을 건네는 사람도 사라져 갔다. 저들은 농담할 여유도 있는데 나 혼자만 왜 하루가 이렇게 험난한지 억울했다. 성장을 위한 고통의 시간이라는 팀장님의 말도, 일 시키면 깔끔하게 잘 처리한다는 사장님의 칭찬도 다 아니꼽게만 들렸다.

'다 자기들 편하려고 나만 굴리는 거잖아.'

내 직무와 무슨 연관이 있다고 참석한 건지도 모를 회의에 불려가면, 그 자리에 있었다는 이유만으로 업무가 배로 늘어나는 날들이 반복되자 회의 중에 정말 육성으로 욕을 내뱉을 뻔했다.

계속되는 감기와 위염으로 가만히 앉아 있는 것도 힘든 날엔 병원에 갔다. 외출 승인을 받으러 팀장님 자리에 갈 때마다, 영화 화면이 팀장님 모니터에 정지되어 있던 게 한두 번이 아니었다. 그때마다 놀란 기색도 없이, 영화 창을 내려 숨기려는 노력도 없이 사람 좋은 웃음과 함께 병원 잘 다녀오라던 팀장님이 얄미워 미칠 것만 같았다. 당당히 근무 태만 중인 팀장님도 내 건강을 갉아먹은 원인 중 하나일 거라는 생각에, 결국 아무도 없을 때 욕이 튀어나왔다.

'월급루팡 새끼…….'

아무리 시간과 정성을 들여도 매일매일이 야근이던 겨울이었다. 차를 몰고 집으로 돌아가는 퇴근길, 갑자기 오른쪽 앞바퀴가 펑! 하는 소리를 내며 터졌다. 비상등을 켜고 2차선에서 갓길로 천천히 차선을 바꿨다. 그러잖아도 운전하기 싫었는데 차라리 잘됐다 싶었다. 타이어 교체하는 김에 미뤄뒀던 엔진오일 교체와 자동차 점검을 받기로 했다. 며칠간은 버스를 타야지.

정류장에서 버스를 기다리는 10분 남짓, 장갑을 껴도 손끝이 아릴 정도로 추웠다. 빨갛게 달아오른 귀는 감각을 잃었다가 버스에 올라타자마자 훅 들어오는 온기로 간지러워졌다. 겨울의 버스 안은 온풍기와 사람들의 온기로 갑갑했지만 따뜻하면서도 익숙했다.

퇴근해도 사소한 생각과 걱정, 염려를 하느라 퇴근한 것 같지 않다. 끊임없는 야근과 특근 때문에 잦은 잔병들이 내 몸을 거쳐 갔다. 감기가 떨어지려 하면 항생제 부작용 때문인지 설사와 메스꺼움이 생겼고, 위장약을 처방받아 속이 좀 편해지나 싶으면 방광염이 재발했다. 차라리 확 크게 아파 몸져누우면 쉬기라도 할 텐데, 약을 먹으면 어떻게든 꾸역꾸역 업무를 이어갈 수는 있었다.

다만 퇴근한 나는 여가 활동을 즐길 체력도, 정신도 남아 있지 않은 산 송장이었다. 나는 없고 정 과장만 있었다. 아무것도 하고 싶지 않았다. 그렇다고 아무것도 안 한들 우울감이 사라지는 것도 아니었다. 꽃구경을 가는 것도, 분위기 좋은 카페에 가는 것도, 친구들을 만나는 것도, 취미로 배우던 퀼트와 등산도, 그 어느 것도 하고 싶지 않았다. 그저 천장만 쳐다보며 월요일이 돌아오지 않기를 바라며 일요일부터 밀려오는 회사 생각에 근심만 할 뿐이었다.

"나도 짜증 나! 아픈 나는 오죽하겠어?"

오랜만에 남자친구를 만났다. 서로 회사 일이 바빠 주말에 겨우 시간을 맞췄다. 지난 번엔 감기로 골골대더니 이번엔 또 어디가 아픈 거냐는 그의 말에 괜시리 서글퍼 화를 냈다.

"너 그럴 거면 회사 그만둬. 그러다 너 망가져."

"그만두면 뭐 먹고살라고? 적지도 않은 나이에 계획 없이 그만두면 누가 나 책임지는데?"

오늘은 짜증 내지 말아야지 하고 다짐했지만, 결국 과하게 반응해 버렸다. 싸우고 싶어 안달 난 사람처럼 말꼬

투리를 잡아가며 계속 시비를 걸자, 대화를 이어가봤자 싸움밖에 더 되겠냐는 마음으로 말을 아끼고 참던 남자친구도 인내심의 한계를 느꼈는지 언성을 높여 맞받아쳤다.

"너 만만한 게 나지? 나한테만 그러지? 회사에서는 찍소리도 못하지?"

정곡을 찌르는 그의 말에 쏘아대기 바빴던 내 입이 드디어 멈췄다. 만만한 게 엄마와 남자친구였다. 머리와 가슴 속에 가득 찬 분노와 울분을 그들에게 쏟아내고 있었다. 언제든지, 어디서든지, 이유 없이…….

요즘 퇴근하고 집에 들어오는 내게 간단히 인사만 하고 대화를 피하던 엄마 생각이 났다. 이제 오냐는 인사에 대꾸도 하지 않은 채 잔뜩 구겨진 인상으로 들어서는 나. 누구보다 나를 사랑해 주는 사람들에게, 나는 더 이상 사랑스럽지 않은 존재가 되고 있었다.

사장의 추문이 회사 전체에 퍼지지 않도록, 소문난 뺀질이 인사팀장님을 욕하는 다른 부서 직원들의 불만과 불신이 인사팀을 향하지 않도록 전전긍긍했다. 내 능력보다 과분한 일들을 해내기 위해 매일 용을 썼다. 회사가 일에 대한 내 의지를 알아주길 바랐지만 무시당하고, 정작 내 주변 사람들에겐 아무런 관심도 표하지 않아 멀어지고 있었다.

"나는 정말 최선을 다하고 있어. 내가 해야 할 일을 남에게 미룬 적도 없고. 모두의 업무에 지장이 없도록 아무에게도 피해 가지 않게 하고 있다고."

"일개 과장 나부랭이가 감히 회사 걱정을 하니까 그렇지. 부장, 팀장, 대표가 해야 할 걸 왜 네가 하고 있어?"

'난 왜 이렇게 아픈 걸까? 뭐가 문제일까?'라는 고민을 들어주던 남자친구는, 직급에 맞지 않는 과한 책임 의식이 가장 큰 문제라고 했다.

"너 자신한테 관심 가져. 나한테 말 예쁘게 해주고."

"과장…… 나부랭이? 과장 나부랭이라고?"

"왜? 그 말이 또 기분 나빠?"

"아니, 맞는 것 같아서……."

회사의 주인은 내가 아니다. 내 것도 아닌 걸 금이야 옥이야 하며 소중히 모셨다. 내가 주인인 내 몸은 살피지 않으면서. 캄캄한 고속도로 저 멀리 옹기종기 모인 아파트들이 보였다. 한층 한층 일정한 간격으로 켜진 불빛들이 하늘에 떠 있는 별빛처럼 느껴졌다. 그러고 보니 하늘이든 주변이든, 어떤 풍경을 보는 게 정말 오랜만이다.

"……내릴까?"

"어딜 내려? 지금 고속도로인데. 어휴, 알았어. 나부랭이라고 해서 미안해. 취소할게."

"아니, 그게 아니라……. 지금이 하차벨을 누를 때인 것 같아."

버스 기사님의 손 인사

4월 1일 만우절. 거짓말처럼 백수의 삶이 시작되었다.

오랜 기간 정해진 시간에 일어나던 습관이 쉽게 없어지지 않아, 퇴사 후에도 출근 시간에 맞춰 저절로 기상하게 된다는 글을 읽은 적이 있다. 나 또한 그 사람처럼 오랜 습관을 쉽게 버리지 못할 거라 지레짐작하며 잠들었는데, 일어나니 웬걸, 오전 11시였다. 사람은 적응의 동물이라더니 나는 그 오랜 시간 출근에 적응하지 못했던 걸까, 아니면 벌써 퇴사에 적응해 버린 걸까?

연차를 낸 날에도 어김없이 8시 30분이면 울리는 메시지 알림 소리에 출근한 기분을 떨쳐낼 수 없었던 여러 날을 경험하고 난 후, 연차 전날 잠들기 전엔 핸드폰을 무음으로 변경하는 습관이 생겼다. 그러다 괜한 불안감에 새벽

6시부터 자다 깨다 반복하며 핸드폰을 확인하느라 아침이 더 피곤해지곤 했다. 오늘은 핸드폰을 무음으로 변경하지도 않고, 불안 때문에 자다 깨지도 않고, 원하는 만큼 자고, 일어나고 싶을 때 일어났다. 이 사소한 현실에서부터 어제와 오늘이 다른 게 확연히 느껴졌다.

처음이었다. '오늘 뭐 하지?'라는 계획 없이 하루를 시작하는 게. 병원에 가야 하거나, 집안일이 생겼거나, 경조사가 있거나, 여행을 가거나, 오랜만에 친구들과의 약속이 생겼거나……. 회사 일 때문에 미뤄놨던 주변 일을 챙기든지, 주변에 일이 생겨 회사에 연차를 내야 하든지 둘 중 하나였다. 무엇을 해야 할지 몰랐던 평일의 하루는 한 번도 없었다. 앞으로 어떤 삶이 펼쳐질진 모르겠지만, 분명한 것은 퇴사에 대한 후회가 밀려올 때마다 '그때 너 좋았잖아. 그걸로 됐지'라고 기억할 만한, 평범하지만 특별한 백수 1일 차의 하루를 만들고 싶다는 생각이 들었다.

'바다나 보러 갈까? 혼자 간 적은 한 번도 없었잖아?'

혼자서 뭐든 잘하는 나지만, 혼자서 바다를 보러 간 적은 없었다. 진정한 인생의 자립을 위한 첫 시작으로 새로운 일을 해보는 것도 의미 있겠다 싶었다. 고민 없이 가장 빠른 부산행 KTX 열차를 예매하고, 곧 열차를 탔다. 비어 있는 옆좌석을 보며 혼자 하는 여행을 실감했다. 신경 쓸 것 하나 없다는 해방감과 평안함이 나쁘지 않았다.

해변 앞에 섰다. 4월의 평일 오후 3시. 해운대는 여름 성수기와 달리 조용하고 여유로웠다. 바다가 정면으로 보이는 카페의 창가 쪽에 앉았다. 카페에 있는 사람 중 나만 바다를 정면으로 마주하고 있을 뿐, 다른 사람들은 강한 햇볕을 피해 카페 안쪽에 앉아 이야기를 나누고 있었다. 아마 그들에게는 바다가 일상이라 나만큼 신기하고 반갑지는 않은 듯했다. 책 읽는 사람, 강아지와 산책 나온 사람, 자녀와 공놀이하는 사람, 모래사장에 쭈그리고 앉아 모래 위에 글씨를 쓰는 사람, 나무 그늘 밑에 앉아 바다를 보는 사람……, 다들 저마다의 모습으로 바다를 즐기고 있었다.

- 과장님, 뭐 하고 있어요?

같은 부서에서 친하게 지내던 박 대리에게서 문자가 왔다. 보고 싶다는 말과 함께, 회사의 모든 것이 무료하게 느껴진다고 했다. 우리는 말이 새어나갈 걱정 없는 서로에게 상사들 뒷담화를 해대며 스트레스를 풀곤 하는 사이였다. 아직 나만큼 입 무거운 동료를 찾지 못했으니 죽을 맛이리라.

그러고 보니 오늘 커피 주문할 때를 제외하곤 나도 '사람'과 대화를 나눈 적이 없다는 걸 깨달았다. 이렇게 말을 하지 않고 하루를 보낸 적이 있었나 싶어 놀랐다. 회사에 있을 땐 귀찮을 정도로 회사 사람들이 말을 걸어오거나 전화를 해왔다. 전화벨 좀 그만 울렸으면 해서 가끔 못 본 척할 때도 있었다. 왜 내가 있어야 하는지 모를 2~3개의 회의에 매일 참석하고 분명 얼마 전에 했던 말인데 생전 처음 듣는다는 표정으로 다시 물어보는 상사들에게 똑같은 내용을 다시 설명하느라 입이 쉴 겨를이 없었다.

바다를 보며 아무것도 계획하지 않기로 했다. 14년 동안 열심히 전력 질주하며 살았으니 잠시 쉬어가는 것도, 아무것도 하지 않을 자격도 충분하다고 스스로 다독였다. 나의 휴식은 정당하다.

퇴사 후 백수로 지내는 며칠 동안 내 감정들을 짧은 메모로 기록해봤다. '기쁨, 편안, 평온, 조용, 고요, 자유, 해방감' 등 대부분의 하루는 긍정적인 감정들로 가득했다. 가장 기쁜 건 가위에 눌려 새벽 2~3시면 어김없이 화들짝 놀라며 깨던 현상이 사라진 것이다. 퇴사한 뒤 회사 관련 꿈은 몇 번 꾼 적 있지만, 악몽이나 가위눌림으로 이어지진 않았다. 이것만 봐도 정신적으로 많이 안정되어 가고 있음은 분명했다.

긍정적인 감정들 사이사이로 비집고 들어온 부정적인 감정도 있었는데, 바로 외로움이었다. 사람들 사이의 소란스러움이 싫어서 빠져나온 내가 왜 외로운 건지 진지하게 생각해 봤다.

내가 맡은 인사팀의 역할은 '직원들을 위한 서비스직'이라고 스스로 여겼다. 직원들의 불만이나 요구사항을 들어주는 면담 업무가 많았다. 가장 중요한 연봉 인상 건에 대한 관리직과의 협상도 내 몫이었다. 사장님 앞에서는 차마 하지 못할 불만과 분노를 내게 다 쏟아낸 뒤, 결국 연봉 계약서에 서명하며 이렇게 말했다.

"정 과장에게 이렇게까지 할 이야기는 아니었는데, 미안해요."

미안하다는 말을 들어도 그의 감정 쓰레기통이 된 기분은 쉽게 사라지지 않았다.

매년 노사협의회의 임단협 교섭을 담당했다. 협의와 합의 과정 중 대화는 시비나 언쟁으로 이어지는 경우가 허다했고, 10년 넘게 반복되는 사람과의 대화가 나를 서서히 지치게 했다. 웃음도 열정도 빼앗아 갔다. 무슨 일만 터지면 나를 찾는 직원들과 사장님 때문에 나는 이 말을 한동안 입에 달고 살았다.

"사람이라면 이제 지긋지긋해요."

지금은 그렇게 쏘아댈 것까지야 있었나 후회되지만, 당시의 나는 지칠 대로 지쳐있었다. 회사를 그만두면 사람들과의 관계에서 벗어나 홀가분하고 평안할 것만 같았는데, 막상 정말 혼자가 되고 나니 의외로 외로움을 느낄 때가 잦았다.

밖에서 볼 일이 있는 건 아니지만 바람이라도 쐬고 싶을 땐 고민 없이 서점으로 향했다. 언제든 책을 실컷 구경하는 게 유일한 낙이 되었다. 서점 가려고 올라탄 평일의 버스 안은 생각보다 사람이 많았다. 뒤쪽으로 가봤자 서 있을 공간도 없을 듯해 버스 운전석 바로 뒤 손잡이를 잡고 섰다. 지하철 환승역 정거장에서 승객들이 우르르 내리면 뒤쪽으로 옮길 생각이었다.

내가 탄 버스의 반대편 차선에서 신호 대기 중이던 같은 번호 버스 기사님이 오른손을 들어 올리며 인사를 건넸다. 어? 누구지? 내가 아는 사람 중에 기사님이 있었나? 거래처 사장님 중에 버스 기사님으로 전향한다는 사람이 있었던가? 당황했지만 어쨌든 나한테 인사를 하는 사람에게 나도 인사는 해야겠기에 오른손을 들어 올리며 인사하는 순간, 내가 탄 버스의 기사님이 오른손을 들며 상대편 기사님에겐 들리지도 않을 말까지 더했다.

"아이고, 오전 근무인갑네. 안녕~."

나를 향한 인사가 아니었다. 생각 없이 손부터 들고 본 내가 부끄러워 견딜 수가 없었다. 누가 본 건 아닌지 주변을 돌아봤지만, 다행히 아무도 나에게 관심이 없었다. 그런 내 마음은 절대 모를 기사님은 콧노래를 흥얼거렸다. 아까까지만 해도 무표정이었는데, 동료와의 손 인사에 기분이 좋아진 모양이다. 기사님은 한동안 '사랑은 얄미운 나비인가 봐~' 노래를 흥얼거리며 핸들을 잡은 양손 손가락으로 리듬도 탔다.

찰나의 손 인사. 서로를 향해 말 한마디 주고받지 못한 2~3초의 짧은 손 인사가 기사님의 기분을 즐겁게 만들었다는 게 새삼 신기했다. 흥이 오른 듯한 기사님을 보고 있자니 덩달아 내 기분도 좋아졌다.

버스 안엔 사람이 이렇게 많고 많지만, 정작 기사님의 동료는 아무도 없다. 버스를 운전하는 근무 시간 동안 오롯이 혼자서 본인의 업무를 수행할 뿐이다. 손 인사 후 기분이 좋아진 기사님이 그제야 이해되었다. 그리고 내가 그렇게 외로워했던 이유도.

사장님이 개똥 같은 '멀티플레이어 철학'으로 소속 부서와 직급에 상관없이 마구잡이로 일을 시켜대자 각 부서 팀장님의 관계가 최근 몇 년 사이 급속도로 나빠졌다. 본인이 왜 타 부서의 업무까지 도맡아 해야 하는지, 우리 부서의 일을 왜 타 부서 팀장과 그 팀원들이 하고 있는지 이해되지 않은 상황 속에서, 각 팀장님은 그저 사장님이 시켰다고 하니 어쩔 수 없이 방관하거나 타 부서의 업무를 처리했다.

이런 일이 빈번해지자 각 부서 팀장님은 본인이 타 부

서의 일을 할 수밖에 없는 이유는 소속 부서 팀장이 무능하기 때문이라 여겼다. 또한 타 부서 팀장이 본인 부서의 업무를 맡아서 하는 건, 충분히 잘 둘러대며 거절할 수도 있지만 사장님께 잘 보이기 위해 일을 받는 것이라는 각자의 결론을 내렸다. 점차 서로에 대한 불신과 불만이 뒤섞여 "도대체 그 사람은 하는 일이 뭡니까?"라는 사장님의 입버릇을 따라 하며, 자기 빼곤 죄다 월급루팡이라 여기기 시작했다.

가끔 커피 한 잔의 여유를 즐기며 옥상에서 서로 안부를 묻고, 업무 고충에 대한 도움을 주고자 협업을 제안하던 팀장님들도 멀어졌다. 이야기를 해 봤자 서로 피곤해지기만 한다며 화장실 갈 때를 제외하곤 의자에서 엉덩이 떼는 일 없이 모니터만 바라보며 고립되어갔다. 팀장님들 간의 사이가 멀어지자 자연스레 각 부서 팀원 간의 사이도 어색해지거나 나빠졌는데, 어떤 팀장님은 타 부서 팀원들과 하하 호호 웃으며 대화하는 모습만 봐도 팀원을 쥐잡듯 잡았다.

원래 하지 말라고 하면 더 하고 싶은 법! 마치 로미오와 줄리엣이 된 듯 회사 메신저와 탕비실에서의 눈빛 교환, 아무도 찾지 못할 비밀의 장소까지 공유하며 우리는 친분쌓기를 이어갔다. 누군가 업무가 몰려 힘겨워할 때면 아무도 모르게 도와주고 우렁각시처럼 사라지기도 했다.

이렇게까지 눈치 보며 서로의 업무를 지원해 준 가장 큰 이유는, 동료들이 주는 유대감이 회사를 계속 다닐 수 있게 해주는 유일한 즐거움이었기 때문이다. 내 동료들이 부디 지쳐 나가떨어지지 않기를 바라는 마음도 컸다.

퇴사한 후에도 매일 문자로 회사의 일상을 알려주던 박 대리가 점심식사 후 밀려오는 춘곤증을 이겨내려는지 문자에 이어 전화까지 했다.

"과장님, 기억나요? 우리 예전에 임단협 교섭 중에 현장 파업했을 때요."

"파업이 한두 번이었어야지. 아무튼 파업이 왜?"

"그때 오전에는 자기 자리에서 업무 보고, 오후부터 저녁 8시까지 현장 업무 지원했었잖아요. 저 그때 몸은 힘들었는데 진짜 행복했어요.

"우리 그때 엄청나게 힘들었잖아. 업무는 업무대로 밀리고, 매일 서서 작업해서 몸은 몸대로 힘들었잖아. 거의 한 달을 그렇게 했지?"

"맞아요. 엄청 피곤했죠. 그런데 그때 소속 부서를 막론하고 지나가던 사람들 전부, 힘들어 보이니 쉬엄쉬엄하라며 위로해 줬어요. 생전 말 걸지 않던 생산팀 팀장님까지도요."

내가 다녔던 회사는 복수노조 사업장으로, 현장직이 속

한 노조와 사무직과 관리자가 속한 노조가 있었다. 임금 협상 중 합의점을 찾지 못하고 직원의 대부분인 현장직 노조가 오전 근무만 하고 파업에 들어가면, 납품 기한을 맞추기 위해 사무직과 관리자가 현장에 투입되어 물량을 생산하곤 했다.

오며 가며 가벼운 눈인사만 하는 사이였던 영업팀 과장님도, 매일 인상 쓰며 '나한테 말 걸기만 해봐' 하는 무서운 아우라를 풍기던 기술팀 팀장님도 안 하던 농담까지 건네며 제품 포장 요령을 알려주었다.

"그렇네, 그때 나도 행복했던 것 같아. 혼자가 아닌 기분?"

"그렇죠? 과장님도 느꼈죠? 가끔 그때가 그리워요. 힘들어 죽겠고, 내가 왜 야근까지 해야 하나 싶다가도, 꾀죄죄한 몰골로 내 옆에서 같이 고생하고 있는 품질팀 대리님 보니 저절로 웃음도 나고 힘이 나더라고요. 동병상련이라고 해야 하나? 물론 파업 끝나고 다시 무뚝뚝한 일상으로 돌아가긴 했지만요."

"그래 맞아. 그때 재밌기까지 했어. 스트레스에서 벗어나서 그런가. 파업 기간엔 회사 출근하는 게 마냥 싫지만은 않았어."

그때는 너나 할 것 없이 서로가 가져온 자양강장제를 나눠 마셨다. 커피를 마시고 싶으면 "커피 마실 사람?"이라며 서로의 커피를 타서 돌리기도 했고, 본인의 물량이 끝나면 바로 다른 동료들을 도와주며 빨리 퇴근하자고 힘내기도 했다. 결국 사람이 싫어져 퇴사했지만, 그 사람들 덕분에 행복한 순간들도 있었다.

그런 순간들을 떠올리다 보니 내 외로움이 무엇 때문인지 알 것 같았다. 14년간 미우나 고우나 함께했던 동료들이 내 인생에서 사라져 버린 것이었다. 바로 '동료의 부재', 다른 말로 '소속감 상실'.

퇴사를 후회하는 건 아니지만, 손 인사 나눌 수 있는 동료가 있는 버스 기사님을 보니 처음으로 회사 안에 있던 내가 그리워졌다.

버스 전광판의 신기루

회사를 그만두고 백수 7개월 차인 10월의 어느 날. 새해 인사, 생일날, 업무 관련 질문이 있을 때만 연락을 주고받던 워킹맘 친구가 아무 날도 아닌 평일 오후 평소와 다르게 알맹이 없는 말만 하다가 대뜸 안부를 물었다.

"요즘 뭐 하고 지내? 정말 놀아?"

"정말 놀지, 가짜로 놀겠냐."

"휴식기가 길어지면 재취직 어려운데……. 언제까지 쉴 거야?"

정작 당사자인 나는 아무런 감흥이 없었다. 왜냐하면 회사만 나오면 씻은 듯 나을 줄 알았던 위염, 장염, 감기가 도통 떨어지질 않고, 사소한 고민에도 두통에 시달렸기 때문이다. 재취직을 계획하며 휴식 기간을 딱 정해놓을 심신의 여유는 없었다. 외로움이 밀려올 때도 있지만, 다시 일을 시작한다는 건 상상만으로도 가슴이 답답해지고 겁이 났다. 무엇보다 사람과 마주할 자신이 도무지 생기지 않았다.

"다시 일해 볼 생각은 전혀 없어?"

"왜? 너희 회사 들어오라고? 나 영어 못하는데?"

친구네 회사는 외국계 회사답게 문서 작성과 회의에 영어가 차지하는 비중이 80% 이상 된다. 그래서 영문과를 졸업하고 캐나다 어학연수도 다녀온, 내가 아는 사람 중에 가장 영어를 잘하는 친구도 감을 잃지 않기 위해 매일 EBS 영어 라디오를 들으며 출근한다고 했다.

사실 내가 전에 다녔던 직장도 본사는 프랑스에 있고, 멕시코, 미국, 인도, 중국에 지사가 있던 나름 외국계 회사였지만, 실상은 여느 한국 토종 기업 못지않았다. 영어 업무는 일부 부서에 몰려 있고, 본사 회의에 참석하는 부장·팀장급 임원들은 전혀 영어를 못했다. 그래서 영어가 가능한 직원들은 늘 통역 때문에 이리저리 불려 다니며 회의에 참석하느라 본인의 업무는 뒷전이었다. 자기가 통역기 또는 번역기로 입사한 건 아닌가 회의감이 들 정도라는 사원도 있었다.

"그 대신 넌 인사·노무 업무 관련해선 많은 경험과 지식이 있잖아. 영어는 같은 부서 직원들한테 지원받으면 될 것 같고……. 곧 2공장 설립 계획이라 대규모 채용 예정인데, 사내 규정을 잘 확립시켜 놓아야 할 중요한 시기라서 네가 필요해. 물론 네 마음이 가장 중요해. 다시 일 하고 싶어?"

친구가 다니는 회사는 대구 근교에 있는 230명 정도 규모에, 연봉도 꽤 높고 복지도 대기업 수준이었다. 무엇보다 내 번아웃의 핵심인 노사 분쟁이 없는 회사라는 점이 마음에 들었다. 좋은 기회임은 분명했다.

"내가 하고 싶다고 바로 취직이 되는 건 아니잖아?"

"너만 하겠다고 하면 본사 승인받을 자신 있어. 사실 우리 회사 규모 대비 노무 업무를 전담할 인재는 없어. 네가 퇴사한다는 소식 듣고 바로 스카우트 제의하고 싶었는데, 너 건강도 안 좋고 해서 지금 이야기하는 거야."

"너 혹시 나한테 환상 같은 거 가지고 있는 거 아니지? 그렇게까지 전문가는 아닌데. 나중에 같이 일해 보고 실망할지 걱정되네."

"아니야. 너만큼 인사·노무에 빠삭한 사람도 없을 거라고 확신해. 너만 괜찮다면 같이 일해 보자. 다음 주까지 생각할 시간을 주면 될까?"

"그래, 다음 주에 다시 얘기하자."

좋은 조건이었다. 직전 연봉의 최소 15% 이상 인상에, 무엇이든 내 의견을 적극 반영하겠다고 약속했다. 모시고 가는 분위기에 스스로 엄청 가치 있는 인간이 된 듯한 기분도 들었다. 덩달아 무엇이든 할 수 있을 거 같은 용기가 샘솟았다.

그런데 다시 회사 안에서 일하고 있을 내 모습을 상상하는 순간, 식은땀이 흐르고 가슴이 뛰기 시작했다. '자신 없다' '부족하다'라는 말로는 다 표현할 수 없는 불안감과 두려움이 온몸을 휘감더니, 잊고 있었던 감정이 마구 떠올라 진정하는 데 애를 먹었다.

'모든 게 100% 준비된 상황에서만 누가 일을 하겠어? 일단 부딪혀 보는 거지. 그러다 도저히 안 되면 그만두면 되는 거야.'

머리로는 좋은 기회임을 알지만, 마음은 도저히 시작할 준비를 하지 못한 채 번민의 나날을 보냈다. 지인들에게 조언을 구하고자 연락해 보면 백이면 백, 묻고 따지지 말고 무조건 입사하라는 의견들뿐이었다. 기회를 놓치지 말라며, 이제 다시 일을 시작할 때가 되었다며 응원하는 지인들의 말에 겉으론 동의했지만, 속으론 또라이 같은 생각을 했다.

'당신들이 내 상태를 알면 무조건 기회를 잡으라는 말을 그렇게 쉽게 할 수 있을까?'

하지만 엄마는 알고 있었다. 이미 잠에서 깨어났으면서 오늘은 또 뭘 해야 할지 몰라 침대에 누워 천장만 뚫어지게 보고 있는 산 송장 같은 나의 아침을.

"너도 6개월 정도 쉬니까 좀이 쑤시지? 아침에 일어나 갈 곳이 있다는 게 얼마나 신 나는 일이니? 그거 하나만 보고 한번 일을 시작해 보는 건 어떨까? 힘들면 그만둬도 괜찮아."

거창한 생각 하지 말고 일단 활력을 위해 시작해 보라는 엄마의 말에 조금 용기가 났다. 친구에게 연락했다.

"잘할 수 있을진 모르겠지만, 해볼게."

"고마워! 정말 고맙다. 네가 해준다고 해서 얼마나 기쁜지 몰라. 오늘 시간 되니? 회사 구경 한번 해볼래? 어떤 회사인지 알아야 너도 마음의 준비를 하지."

"나 아직 입사 확정된 건 아니잖아? 굳이 회사 구경까지 하는 건 좀 한참 나간 거 아닐까?"

"거의 확정이야. 본사에 사내 규정 확립이나 노사 간의 분쟁을 미연에 방지하려면 꼭 필요한 인재라고 잘 이야기했어. 형식적으로 면접은 봐야겠지만……. 아! 면접 볼 땐 우리 부서 사만다 님이 통역 지원해 주기로 했어. 그러니 너무 걱정하지 마."

나만 결정하면 이미 합격한 거나 다름없다는 친구의 말에, 신차는 요즘 1년 대기가 필수니까 출퇴근용으로 중고차라도 얼른 알아볼까 생각도 했다. 소풍 가기 전날처

럼 설렜다. 다시 돈을 벌게 되면 누릴 수 있는 것들 생각
과, 이번엔 소비보다는 저축을 해보자는 다짐도 했다. 1년
에 한 번 성과금이 나오는 연말엔 꼭 나를 위한 선물을 하
자며 위시리스트도 만들었다. 내가 왜 이전 회사를 그만둘
수밖에 없었는지, 얼마나 고통스러운 나날들이었는지는
굳이 끄집어내지 않았고, 풍족한 월급을 누리고 있을 미래
의 내 모습만 상상하며 즐거워했다.

　회사까지 이동 시간은 편도 2시간 10분. 2시간 거리인
이전 직장도 14년 넘게 다녔다. 딱히 엄청 먼 건 아니다.
친구의 퇴근 시간인 오후 5시 30분에 맞춰 가기 위해 구미
로 향하는 2시 30분 새마을호에 올랐다. 대학생 때 친구들
과 새해 일출 보러 정동진행 새마을호를 타본 뒤로 거의
15년 만이다. 요즘 새마을호는 내가 알던 그 새마을호가
아니었다. 너무 딱딱해 몇 번이나 허리를 비틀며 자세를
바꿔야 했던 그 불편한 의자는 KTX급으로 폭신하고 깨끗
하게 바뀌어 있었다.

　'도착 예정 정보…… 없음?'
　회사 근처까지 가는 버스는 한 대뿐이었다. 더군다나
버스 배차시간도 길어 한 시간은 기다려야 했다. 방금 버
스가 지나간 것인지 버스 도착 예정 시간을 안내하는 전광
판엔 이렇게 적혀 있었다.

길어봤자 1시간 이상 기다리겠냐며, 정류장 붙박이처럼 하염없이 앉아 버스를 기다렸다. 택시 타고 가면 금방이란 걸 알지만, 생소한 길을 익히는 데는 버스만 한 게 없어서 꼭 버스가 타고 싶었다. 내가 자주 오게 될 곳이니까.

사람들이 내 옆을 스쳐 버스에 오르는 걸 멍하니 바라보며, 내가 탈 버스 번호가 전광판에 떠오르기만을 기다렸다. 왜 도착 예정 시간조차 나오지 않는 건지, 이 정류장이 맞는지 의심이 생기려던 무렵 전광판에 드디어 버스 도착 정보가 떴다.

'30분 후 도착 예정?'

이렇게까지 기다리게 될 줄은 몰랐기에 살짝 진이 빠졌다. 그렇다고 택시를 타버리면 약속 시간보다 1시간이나 일찍 도착하고 만다. 카페 하나 없는 허허벌판에서 시간을 때우는 것보다야 30분 버스를 기다리는 게 나았다.

새로운 풍경을 바라보며, 지나다니는 사람들 구경하며 버스를 기다리다 얼마나 왔는지 전광판을 봤다. 그런데 30분 후 도착 예정이라던 버스 번호가 사라졌다?! 기분이 싸했다. 온다던 버스가 30분보다 더 기다려도 오지 않으면 어쩌나 살짝 불안했다. 도착 예정 정보가 처음부터 없었다면 모를까, 온다고 해놓고 오지 않은 버스는 지금까지 한 번도 경험해 보지 못했다. 그런 확신으로 가만히 버스를 기다리기로 했다. 괜한 오기를 부리는 것 같기도 했지만, 계획을 변경해 다시 움직임을 시도한다는 게 귀찮기도 했다.

전광판에서 사라진 버스 번호는 30분이 지나도 나타나지 않았다. 술에 취하지도 않았고, 도수가 맞지 않는 안경을 끼고 나온 것도 아니었다. 버스 번호가 신기루처럼 사라진 게 아니라면, 애초에 내가 맨정신에 헛것을 본 건가 싶었다.

더 기다리다가는 약속 시간에 맞출 수 없을 듯하여 택시를 탔다. 기다린 시간이 아깝다기보다는 버스가 제시간에 올 수 없었던 이유만 궁금했다.

가끔 그럴 때가 있다.

'이 정도 기다렸으면 보통 다음이 내 차례던데……'

투덜대거나 친구에게 문자를 보내 욕을 한 사발 하고 나면 바로 차례가 돌아온 적 말이다. 그럴 때마다 '1분만 참을걸. 1분만 더 기다릴걸' 하며 내 조급함과 성급함을 반성하곤 했다. 이번에도 실컷 잘 기다려 놓고 1분의 찰나로 버스를 타지 못하고 택시를 탄 건 아닌지, 회사로 향하는 내내 전광판에서 사라져 버린 버스가 궁금해 미칠 것 같았다.

"얼굴이 왜 이렇게 밝아졌어? 일 그만두니 그렇게 좋아?"

"밝아졌어? 난 모르겠는데?"

"어, 인상 쓰고 있던 얼굴에 화색이 돈다야. 확실히 일이 너를 병들게 한 건 맞았나 보네."

나는 잘 모르는 내 변화를, 친구는 얼굴을 보자마자 바로 알아차리고 안심한 모양이다.

"놀고먹으며 건강해졌으니 다시 일해야지. 언제까지 쉴 거야? 재벌집 딸이야?"

회사를 간단히 둘러본 후 친구 집 근처 삼겹살집으로 향했다. 친구는 미리 프린트 해온 회사 정보와 조직도, 예상 질문 및 적절한 답변 등 본사 매니저와의 면접 관련 자료를 내게 건넸다.

"마지막으로 확인할게. 일하고 싶어서 스스로 결정한 선택인 거, 분명하지?"

친구는 잘 쉬고 잘 놀며 건강을 되찾아 가는 내가 그녀의 제안으로 다시 회색빛 인간으로 돌아가게 될까 봐 재차 나의 의지가 맞는지 물어댔다.

"몇 번을 말하냐. 네 말을 들어보니 다시 일하고 싶어졌어. 무엇보다 '성취감'이라는 감정이 그립기도 하고. 그나저나 14년 만에 면접 볼 생각하니 벌써 떨린다야."

"떨 거 없어. 이미 확정이나 다름없어."

"아닐 수도 있잖아. 너무 장담하는 거 아냐?"

"이 정도 경력직 구하기 힘들다는 의견에 본사 매니저

도 동의했어. 다만 한 가지 걸리는 건, 본사 매니저는 인재 채용 관련된 경험이 좀 더 풍부했으면 하더라고. 네가 노무 경력만 있는 게 아니라 인사팀에서 채용 관련 일도 도맡아 했으니 전혀 문제 될 건 없다고 했어. 그러니 걱정하지 마."

"있잖아……. 사실 솔직하게 말하면 나도 잘 모르겠어. 일을 정말 시작하고 싶은 건지, 잘할 수 있을지, 무엇보다 내 마음이 준비가 된 건지……. 부딪혀 봐야 알겠지만 1%라도 해보고 싶다는 마음이 생겨서, 그 1%에 기대해 보기로 한 거거든. 그리고 거의 입사가 확정된 거나 다름없다는 네 말에 움직인 것 같아. 근데 만약에…… 이 상태에서 떨어지면 정말 주저앉아 버릴 거 같아."

"이미 내정된 자리라는 말이 네가 다시 시작하는 데 큰 역할 했네."

"당연한 거 아냐? 아직 도전할 여력까진 없거든."

"잘할 수 있을 거야. 나도 많이 도울게. 우리 잘해보자."

친구에게 솔직한 마음을 털어놓고 나니 후련했다. 친구의 기대처럼 내가 인사·노무 업무 관련해서는 꽤 전문적인 지식과 다양한 경험을 가진 인재일 수 있다. 하지만 머리에 담긴 지식을 적시에 꺼내어 잘 활용할 줄 알아야 역량 있는 진정한 인재, 즉 '돈값 하는 경력직'이라 할 수 있는데, 지금의 내가 과연 이러한 인재가 맞는지 계속 의심스럽고 자신이 없었다. 결국 친구의 끊임없는 구애가 나에게 자신감을 불어넣어 주었고, 기대에 부응하기 위해서도 열심히 해봐야겠다는 뜨거운 마음이 오랜만에 생겨났다.

이렇게 나의 번아웃은 과거의 일로 밀려나는 듯했다. 무기력하고 불안하고 사람과의 관계가 두렵기만 했던 예전의 나를 뒤로하고, 사람에게 받은 상처는 사람으로 치유하듯 일하다 망가져 버린 내 심신도 다른 환경에서 같은 일로 제자리를 찾아갈 것이라는 생각에 한껏 기대도 되었다.

본사 매니저 2명, 통역사 1명 그리고 나, 이렇게 4명이 참여한 화상 면접이었다. 본사 매니저가 염려했던 채용 주제에 대해서도 미리 준비한 대로 잘 대답했다. 친구도 통역해 준 직원을 통해 면접 분위기를 전해 듣고는 격려해 줬다.

"벌벌 떨린다더니 면접 잘 봤네. 수고했어."

절차상 본사 내부 회의를 통해 면접 결과는 다음 주에 알려주겠다 했다. 면접 결과와는 상관없이 면접을 무사히 마쳤다는 이유만으로 스스로가 대견스럽고 기특했다. 번아웃을 겪은 후 한 가지 좋아진 것이 있다면, 스스로에 대한 기대치를 낮췄다는 점이다. 낮춘 만큼 만족도가 높아졌고, 낮춘 만큼 스스로 흐뭇한 순간이 잦아졌다.

면접 본 지 딱 일주일이 된 날, 정말 합격이라면 지금쯤
은 연락이 와야 하는 거 아니냐는 친구들의 말에 조금씩
걱정되던 차였다.

　- 어떻게 말해야 할지 모르겠는데…… 아쉽지만…….

　싸한 기분이 드는 예상치 못한 친구의 문자 첫 줄에 마
음이 무너졌다.
　'면접은 잘 봤지만……, 몇 번이나 어필을 해봤지
만…….'
　내가 면접을 보기 며칠 전, 곧 정년퇴직 예정인 캐나다
지사 소속 한국인 인사팀장이 그 자리에 지원했다고 한다.
물론 그분은 본사 매니저들이 원하는 채용 관련 업무를 나
보다 몇 배나 많이 해본 경력자였다.

　- 굴러들어 온 돌이 빼기에는 역부족인 박힌 돌이었구
나. 면접 보기 전에 회사 내부 사정은 미리 알려주지. 그럼
이렇게 허무하진 않을 텐데……. 어쩔 수 없는 건 알지만
속은 상하네. 알겠어. 너도 중간에서 고생했어.

　문자는 담담한 척, 적당히 아쉬운 척 보냈지만, 실제로
는 예상치 못한 불합격에 감정이 요동쳤다.

"네가 분명 합격은 떼놓은 당상이라며! 온갖 바람은 다 들게 해놓고 이게 뭐야! 가만히 있었으면 상처라도 안 받을 텐데, 네가 부추겨서 또 이렇게 나락으로 빠져버렸어! 네가 책임져!"

친구에게 실컷 분풀이하고 싶었다. 면접은 그저 형식적인 절차일 뿐이라며 면접 준비보다는 사내 조직도를 펼쳐 보이며 앞으로 일하게 될 동료들에 대한 직무와 성격까지 설명해 준 친구, 마치 나도 회사의 일원이 된 것처럼 준비시켜 준 친구의 태도에 배신감이 들었다. 하지만 분명 중간에서 애를 썼을 친구를 생각하며 참고 또 참았다. 어차피 말하고 나면 후회할 말이었다.

"회사 내에 믿고 의지할 만한 내 사람을 두고 싶어"라며 나의 입사를 누구보다 바랐을 친구를 생각하며, 결과가 나빠지니 오히려 남 탓하기 바쁜 나의 인성을 자책했다.

불합격 소식을 들은 날, 그래도 어찌나 서럽던지 소리 내어 울었다. 가족 모두 출근하고 집에 혼자만 있던 터라 다행이었다. 처음에는 일을 다시 시작할 마음이 전혀 없었는데 나를 부추겨 여기까지 오게 만든 친구를 원망하고 탓했고, 결국엔 화살을 돌려 나를 탓했다. 그들에게 나는 원치 않은 지원자여서, 기대에 차지 않는 부족한 인재여서 초래한 결과라고 결론지었다. 나만 내가 괜찮은 인재라 생각하는 건 아닐까? 어쩌면 이전 회사도 나를 보잘것없는 직원이라 욕하며 제 발로 잘 나갔다고 후련해하는 건 아닐까? 모락모락 피어오르는 자격지심에, 어디론가 사라져 버리고 싶었다.

"어차피 본격적으로 일을 하고 싶어진 것도 아니었잖니? 경험이라 생각해. 너무 마음 쓰지 마."

그 회사와 맞지 않았을 뿐 나의 경력과 능력은 변함없이 최고라는 지인들의 위로도 전혀 와닿지 않았다. 침대에 웅크리고 누워 아무것도 하고 있지 않은 내게 엄마는 바라지도 않았던 취직이었으니 상처받지 말라며 끊임없이 다독였다.

"원래 하고 싶었던 것도 아니잖아."

하지만 이 모든 말들이 패배자, 실패자에게 전하는 전형적인 타인의 위로라 여겨졌다. 나는 더 위축될 뿐이었다. 친구는 미안했는지 그 뒤로 전혀 연락이 없었다.

불합격 통보를 받은 금요일부터 주말 내내 아무것도 하지 않고 누워만 있었다. 엄마는 삼시 세끼 내가 좋아하는 반찬들을 차려 마흔 된 딸이 배를 곯지 않도록 신경 써주었다. 마트나 세탁소에 다녀오는 길에 내가 좋아하는 아이스 아메리카노도 부지런히 사다 주었다. 부모님과 함께 살고 있다는 게 이럴 때 좋은 거구나 싶었다. 마음 쓰며 눈치 보고 있을 부모님을 위해서라도 침대에서 일어나야 했다.

다시 한 주가 시작되고 모두가 출근한 월요일 아침, 또다시 혼자 맞이하는 아침은 생각보다 개운했다. 어제까지는 진이 빠진 채 힘도 없고 아무것도 하기 싫고 할 수 있는게 아무것도 없는 것 같아 불안하고 두렵고 모자란 자신이 미웠는데, 이상하게도 오늘은 '하고 싶은 일'이 마구 생각났다. 나가서 움직이며 활동하고 싶어 몸이 근질거렸다.

회사 다닐 땐 주말마다 새벽같이 일어나 등산을 자주 갔었다. 퇴사 후 시간은 많아졌지만 무기력해진 심신을 핑계로 하지 않았던 등산이 다시 가고 싶어졌다. 주섬주섬 등산복을 챙겨입었다. 500리터 생수, 참치마요 삼각김밥, 커피와 초콜릿, 부드러운 휴대용 티슈도 가방에 챙겨 넣고 버스 정류장으로 향했다.

정류장 전광판에는 친근한 버스 번호들이 도착 예정 시간이 빠른 순서대로 나열되어 있었고, 신기루처럼 전광판에서 사라지는 일 없이 예정된 시간에 맞춰 하나둘씩 버스가 정류장을 다녀갔다.

"그럼 그렇지, 이거 봐. 도착하지도 않았는데 사라져 버리는 버스가 흔하진 않지."

여전히 이해되지 않는 구미의 신기루 버스 사건을 되새기며 혼잣말을 크게 했다. 신기루, 대기 속에서 빛의 굴절 현상에 의하여 공중이나 땅 위에 무엇이 있는 것처럼 보이는 현상. 나의 신기루, 고심하기보다는 타인의 의견과 확신에 집중한 현상에 의하여 무엇이 될 줄 알았던 안일함에 빠진 현상.

한 끗 차이로 갑자기 후련해졌다. 알 수 없는 마음의 긍정적 변화였다. 등산 말고, 여러 가지 핑계로 그동안 미뤄뒀던 일들이 또 뭐가 있나 생각해 봤다. 그리고 하나씩 해보기로 했다.

맨 먼저 자수 수업을 신청했다. 예전에도 퀼트가 취미였는데, 한창 연애하고 놀러 다닐 나이에 방구석에 쭈그리고 앉아 온종일 천 조각만 보고 있다며, "나가 놀아!"라는 엄마의 불호령에 퀼트를 그만뒀었다. 다시 하고 싶어졌다.

멈췄던 글도 다시 쓰기 시작했다. 글을 쓰는 게 정말 좋아서 하는 건지, 고상한 척이 하고 싶은 건지, 재능이 있는 건지, 헛짓하는 건지, 마흔 먹고 할 짓인지 생각이 많았는데, 이제 마흔이든 중년이든 그런 건 생각하지 않기로 했다. 하고 싶으니까 하는 거다. 다른 이유는 없다.

아무런 준비 없이, 아무런 대책 없이 회사를 그만두곤 "너 먹여 살려줄 신랑도 없는데 앞으로 어떻게 할래?"라는 친구의 말에 속이 상해 한동안 친구들과 만남을 꺼렸는데, 오늘은 친구들에게 먼저 연락해 브런치 약속을 잡았다.

듣는 내 입장은 생각지 않고 위로랍시고 해대는 친구도 있지만, 분명 진심으로 나를 걱정하는 친구들도 있다. 당시엔 마음의 여유가 없던 시기였고, 지금은 그 정도는 가볍게 넘길 수 있을 것 같았다. 이게 다 '불합격'을 이겨내고 단단해진 덕이다.

지금은 무엇이든 확실히 구분할 수 있을 것 같다. 내가 무엇을 위해 휴식기를 보내고 있는지, 앞으로 무엇을 할 건지 확실해졌고 또렷해졌다.

'인생만사 새옹지마'. 좋은 일만 있을 수 없고 나쁜 일만 있을 수도 없다. 나쁜 일이 있다면 좋은 일도 있는 법이다. 이번 불합격이 나에게 그렇다. 물론 패배자가 된 기분에 며칠은 지독히 우울했지만, 고통의 시간이 지나고 나니 정말 내가 하고 싶은 대로 살아보자는 마음이 깊은 곳에서 치고 올라왔다. 그렇게 하라고 다시 주어진 여유인데, 탓만 하고 있기엔 너무나 아까운 내 인생의 휴식 시간이다.

내리는 역은 다르지만

　백수의 하루는 별것 없다. 침대에 누워있거나 근처 공원에서 산책과 사색으로 시간을 보내는 게 다다. 가끔은 방금까지 생각하던 게 뭔지 떠오르지 않아 흐름이 끊길 때도 있지만, 의무나 책임감과는 거리가 먼 것이었을 테니 애써 떠올리려 하지 않아도 괜찮다.

　하기 싫은 일은 하지 않아도 되고, 잠이 오면 자면 되고, 어쩌다 영화가 보고 싶어지면 언제든 보러 갔다. 가다가 갑자기 영화가 보기 싫어지면 예매한 표를 취소하고 하고 싶어진 다른 일을 했다. 그래도 "왜 이렇게 변덕이 죽 끓듯 하냐"며 뭐라 할 사람도 없다.

　하지만 처음부터 모든 것이 이처럼 편하고 자유롭기만 하진 않았다. 아침 출근 준비로 분주한 부모님, 오늘도 어김없이 회사에서 치열하게 일할 동료들, 딸아이를 유치원 등원 보낸 뒤 부지런히 집안일과 운동을 할 주부 친구들과 비교하면 그 어떤 생산적인 활동도 하고 있지 않다는, 나만 멈춰있다는 불안감에 시달렸다. 초반에는 초조해만 하다가 하루를 보낸 날이 꽤 많았다. 퇴사만 하면 불쾌하고 불편하게 만들었던 외부의 존재들이 사라져 근심 걱정 없이 살 줄 알았다.

아무리 하고 싶은 걸 하며 살아도, 이승에서 살아 숨 쉬는 한 스트레스가 아예 없을 순 없다는 엄마의 말이 딱 맞았다. 기진맥진한 몸뚱이는 움직이지 않는데, 정신엔 끊임없이 출처를 알 수 없는 잡다한 생각이 넘쳐났다. 오직 '건강'만 생각하며 퇴사를 결심했는데, 정작 퇴사하니 '건강'은 뒷전으로 밀려버렸다. 그 결과 퇴사만 하면 한 방에 사라질 줄 알았던 위염과 장염, 각종 감기와 불안 증세와 무기력함은 여전했고, 몇 개월 동안 집 근처의 병원들을 순회하며 살았다.

책임질 일이 아무것도 없다는 자유가 몇 개월 지나자, 책임져야 할 일이 아무것도 없다는 현실이 되었다. 하루하루가 허무하고 허탈하고 삭막하게 느껴졌다. 귀찮기만 하던 엄마의 심부름을 반기는 마음으로 하고, 일정이 있는 다음 날을 위해 잠들기 전 핸드폰 알람을 맞추며 설레는 마음이 들기도 했다. 알람까지 맞추며 내일을 기대하게 만드는 일들 대부분은 지극히 소소한 것들이다. 조조 영화를 본다거나, 수강 신청한 수업을 들으러 간다거나, 친구와의 약속이나, 이른 아침 한적한 카페에 책을 읽으러 가거나 하는 작지만 예정된 이벤트가 있다는 사실이 활기찬 하루를 시작하게 해주었다.

내가 근로자의 삶에서 빠져나왔음을 가장 먼저 알아챈 건 국민건강보험공단이다. 직장가입자에서 지역가입자로 전환되었으니, 앞으로는 본인이 알아서 정해진 기한에 맞춰 건강보험료를 내라는 알림 문자를 보내왔다. 그동안 매월 급여에서 알아서 공제되어 신경 쓰지 않았는데 이제는 직접 챙겨야 한다. 보험료가 낮아지긴 했지만 소득이 전혀 없는 내게 그 돈은, 마냥 저렴하게 다가오진 않았다.

서둘러 했던 건 쇼핑몰마다 지정해 놓은 기본 배송지 변경이었다.

"한가해? 그 정도 경력이면 이제는 일을 찾아서 해야 하는 거 아닌가? 책임감 좀 가지고 회사를 다니라고!"

나보다 연봉이 몇 배는 높은 팀장님이 업무 시간에 버젓이 미드나 외국영화를 보며 키득대다가, 어디서 뺨 맞고 와선 나를 쥐잡듯 잡은 날.

"앞에 지시했던 내용을 조금 변경했으니 자료 수정해서 다시 보내세요. 금방 하죠? 수정 사항 얼마 되지 않잖아?"

하루에 전화를 수십 통 해대며 지시 사항을 계속 바꿔서 무수한 수정본, 재수정본과 최종본, 최최종본을 만들어내는, 게다가 어떤 자료든 단 30분 만에 보내라는 사장의 히스테리가 유독 심한 날.

"다른 회사에서는 다 해준다는데 우리는 왜 안 해 줘요?"

그럼 그 회사 다니지 왜 여기 다니냐고 쏘아붙이고 싶지만 성질 다 죽이며 그저 웃음으로 대해야 했던 날.

그런 날엔 정처 없이 온라인 쇼핑몰을 헤매다 예쁜 쓰레기들을 사곤 했다. 언제 주문했는지도 기억나지 않는 택배가 하루에 몇 개씩 회사로 도착했고, 택배 찾으러 경비실에 갈 때마다 "회사 비품이에요, 비품" 하며 아무도 묻지 않았는데 혼자 찔려 거짓말을 했다. 엄마 몰래 풍요롭게 물건을 살 수 있어 좋았는데, 이제 택배 받을 주소가 집 외엔 없다. 생각났을 때 바꿔놓지 않으면 기본 배송지가 어디인지 확인조차 하지 않고 주문하고도 남을 덜렁이란 걸 알기에, 날 잡고 쇼핑몰, 은행, 카드사 주소지를 싹 다 정리했다.

일부 은행과 카드사에선 나의 퇴사를 도저히 받아들일 수 없었는지, 분명 집 주소로 바꿨는데도 한두 달은 회사로 우편물을 보냈다. 그럴 때마다 상담사 연결을 통해 다시 한번 배송지를 집으로 바꿔달라 요청해야만 했다.

몸만 나온다고 회사와의 모든 관계가 정리되는 것은 아니었다. 자질구레한 곳까지 침투해 있는 회사의 흔적을 지우는 데도 시간이 필요했다.

평소에 관심 많았던 '곰브리치 서양 미술사 수업'을 듣고 집으로 가던 저녁이었다. 평일 오후반만 있던 수업이라 들을 엄두도 못 냈는데, 퇴사하니 수업시간을 고를 수도 있었다.

지하철역 바로 옆의 버스 정류장이라 그런지 다른 정류장에 비해 사람들이 많았다. 초점 없는 눈동자로 어딘지 모를 한 곳을 응시하며 버스를 기다리는 사람, 외우려는 건지 몇 분째 유리 벽에 붙은 노선표를 뚫어져라 쳐다보고 있는 사람, 버스에서 내리자마자 지하철 계단을 급하게 내려가는 사람……. 다들 퇴근하고 집으로 돌아가는 직장인으로 보였다.

다다다다다다다다다다!

서서히 가까워지는 뜀박질 소리를 따라 고개를 돌려보니 사회초년생으로 보이는 사람이 나를 향해 미친 듯 뛰어오고 있었다. 정확히 말하면 내가 있는 버스 정류장으로. 사력을 다해 질주했던 그녀는 마지막 승객으로 버스에 올라탔고, 그걸 지켜보던 나는 마치 코치라도 되는 양 그녀의 성공에 안도의 웃음이 절로 나왔다.

지금이야 '이 버스 놓치면 다음 버스 타면 되고, 다음 버스도 놓치면 그다음 버스 타면 되지' 싶지만, 예전의 나도 얼른 집에 가서 소파에 퍼질러 누워있고 싶다는 생각만으로 남들의 시선은 아랑곳하지 않고 초인적 힘으로 내달렸던 적이 있다.

"그렇게 전력 질주해서 뛰어가는 여자애를 보니까 갑자기 또 외로워지더라. 저렇게 다급할 일이 지금의 나에겐 없는데 싶은 마음에 울적해지기도 하고……."

큰물에서 놀고 싶다는 이유로 서울로 이직한 전 직장 동료 박 대리의 안부 전화가 와서 오늘 내가 느낀 감정을 공유했다.

"과장님, 그게 그렇게까지 기분 가라앉을 일이에요? 과몰입인 거 같은데요?"

그녀는 내 말에 전혀 공감하지 못했다.

"넌 아무리 치가 떨려 퇴사한 회사지만 그리운 거 없어? 아련한 거 없냐고!"

"있긴 한데, 지금 저한텐 그런 생각은 사치일 뿐이에요. 이직한 이 회사에 적응하기에도 하루가 벅차다고요. 과장님, 소속감이 그렇게 그리우면 다시 취직하는 게 어때요? 취직하자마자 '내가 미쳤지, 여길 또 왔네' 하는 생각이 들걸요?"

"네 말도 일리가 있긴 해. 나도 취직할까 싶다가도 또 한편으론 아닌 거 같기도 하고."

"뭐야……, 앞뒤가 전혀 안 맞잖아요."

"응, 앞뒤가 안 맞는 거 나도 알아."

외로움과 고독에 취직을 결심하며 구직 사이트에 들어 갔다가 입사 지원 버튼을 누르지 못한 게 한두 번이 아니 다. 무서워서다. 어느 회사의 어느 사무실, 어느 자리에 앉 아 일하고 있는 내 모습을 상상하는 것만으로도 심장이 두 근거렸다. 불안함 때문에 심호흡이 필요했다. 사람들을 마 주할 자신이 없다. 지금의 나는 그저 모든 것에 움츠려 있 는 상태다. 더 이상 나와는 상관없어진 과거, 여러 감정에 휘둘리고 있는 현재, 어떤 일이 펼쳐질지 모를 미래, 그 모 두가 두렵다.

"해보고 아니면 그만두면 되지. 하기 시작 전부터 걱정 하진 마."

엄마는 걱정부터 하고 보는 나를 다독이지만, 마음먹고 시작해도 금방 나가떨어질 것 같이 나약해진 마당에 '하다 가 그만두면 그만'이라는 마음으로 무언가를 시작해봤자 뻔히 '실패'와 마주하게 될 뿐이라는 생각이 들었다.

잡생각 그만하고 제대로 된 생각들로 머리를 채우고 싶

을 땐 서점만 한 곳이 없다. 이동하는 사람들에게 방해되지 않도록 한쪽 구석에 자리 잡고 앉아 진득하니 책에 빠진 사람들을 보고 있노라면 덩달아 열중하고 싶어진다.

서점에 가기 위해 아침에 일어나자마자 나갈 채비를 했다. 늘 조용하던 동네가 사람들로 북적이는 걸 보니 장날이다. 우리 동네는 5일, 10일, 15일, 20일, 25일, 마지막 날 이렇게 5일 장이 열린다. 대구의 유명한 산인 팔공산으로 향하는 길목에 있는 동네라 평소엔 한없이 조용하다가도 장날과 연휴, 나들이하기 딱 좋은 날씨까지 겹쳐버리면 차도 사람도 제대로 움직일 수 없을 정도로 붐빈다. 예상대로 버스를 기다리는 사람이 평소보다 두 배는 많았다. 대부분 양손 가득 검은 봉지를 든, 시장에서 장을 본 듯한 할머니, 할아버지, 아주머니, 아저씨 혹은 등산복 입은 중년의 아주머니, 아저씨들이었다.

"배추 고거 아주 실해 보이네, 얼마 주고 샀어?"

"이거? 4포기 해서 2만 원 줬지."

"아이고~ 잘 샀네, 잘 샀어. 김치 담그려고?"

"그려, 딸년이 김치 먹고 싶다고 해서. 자네는 뭐 샀어?"

"난 뭐, 별거 안 샀어. 그냥 찹쌀이랑 감자랑 대파. 싱싱해 보이지?"

"감자가 튼실한 게 속이 아주 실해 보이네. 할매가 잘

골랐네."

"여기 감자가 참 좋아. 난 그래서 멀어도 여기까지 와서 사잖아. 할매는 뭐 샀어?"

"난 시장 방앗간에서 참기름 짜서 집에 가는 길."

두 명이 시작한 대화에 다른 사람이 끼어 금세 세 명이 되었고, 네 명이 되기까지 1분도 채 걸리지 않았다. 서로가 어떤 물건을 샀는지, 왜 샀는지, 무엇을 해먹을 건지 물으며, 자연스레 주제를 바꿔가며 끊이지 않고 대화가 이어졌다. 버스 안은 마치 작은 시장이 된 듯, 각자가 산 것을 자랑하기 위해 검은 봉지 안 물건을 반 이상 꺼내 들어 보였다. 대파를 통째로 꺼내 들며 자랑하던 어떤 할머니는 "버스 안에 흙 떨어져요!"라는 기사님의 불호령에 얼른 다시 집어넣기도 했다.

얼마 전 이혼한 딸이 김치 먹고 싶다고 해서 배추를 사러 왔다던 할머니가 말했다.

"더 이상 못 살겠다는데 어쩌겠어. 내 자식이 먼저 살고 봐야지. 이혼이 요즘 대수로운 일이야?"

"내 자식도 이혼했는데, 이혼하기 전보다 얼굴이 확 피었어."

"난 여기서 내려. 잘들 가시게나."

열정적으로 대화를 나누던 할머니 무리의 한 분이 주섬주섬 짐을 챙겨 하차 문으로 향했다.

"자네도 잘 가."

다른 할머니들은 인사만 건넬 뿐 함께 내리는 사람은 없었다. 장 본 물건 자랑에서 시시콜콜한 일상까지 한창 대화가 진행되는 와중에도 한 사람씩 하차벨을 눌렀다. 하나둘 떠나고 할머니 무리 중 두 분만 남게 된 시점에 나처럼 본의 아니게 대화를 엿듣고 있던 중년 아주머니 한 분이 궁금해 못 참겠다는 듯 물었다.

"다들 한 동네 분들이 아니신가 봐요. 친구분들이 다 떨어져서 사시네요."

"우리? 친구 아닌데?"

"친구 아녀. 여기서 다 처음 봤어."

"친구 사이도 아니신데, 따님 이혼한 얘기도 다 하시는 거예요?"

"수다 떠는 데 사람 가릴 게 어딨어? 다 같이 죽을 날 받아둔 마당에."

"그렇지. 오늘 봤다고 내일 또 본다는 보장이 어딨어. 말 통하는 사람 만나면 다 털고 가는 거지."

할머니들의 강력한 한 방에 간신히 입 밖으로 새어 나오려는 웃음을 참았다.

"아니 그래도……, 다들 쉬쉬할 가정사를 아무렇지 않게 얘기하시길래 오랫동안 만나온 사이들인 줄 알았어요."

"인생은 잠시 소풍이야! 오늘 만나서 즐거우면 됐지, 뭘 또 깊이를 따져. 안 그래?"

"나 이제 내려야 하네. 잘 가시게."

"안 그래?"라는 물음에 대답은 가볍게 패스하시곤 장바구니를 끌고 할머니는 한 발 한 발씩 하차 문 계단을 내려가셨다.

"이리저리 재고, 따지고 하다 보면 속 시끄러워. 그렇게 입 닫고 살다간 울화병 터져. 할 수 있을 때 하고 싶은 거 뭐든 해야지!"

마지막까지 남아 계시던 할머니는 교동시장 근처 역에서 내리며 명언을 날렸다. 괜히 물어봤다가 호통 들은 느낌이 들었는지 중년의 아주머니는 "아뇨, 제가 그렇게 생각한다는 게 아니라요……"라며 말을 이어갔지만, 할머니는 애초에 대답 따위 들을 생각 없었다는 듯 유유히 버스에서 하차했다. 할머니가 내리자마자 조용해진 버스 안에서 나는 괜시리 머쓱해졌다.

엄마, 아직은 돈을 벌지 않아

퇴직을 완전히 결심하면서 더욱 확고해진 생각이 하나 있다. 현재의 나라는 인간은 회사에서 생활할 수 없을 정도로 모든 것이 망가진 상태라는 것이다.

먹고살 일이 막막하다는 현실적 걱정보다는, 나의 고장 난 마음을 회복시키는 것이 급선무라 판단했다. 남들이 보기엔 대책 없고 무모한 선택일 수 있겠지만 오래전부터 부단히 버티다 결정한 퇴사였다. 그런 나에게 빛처럼 다가온 희망이 '글쓰기'였다.

틈틈이 글을 써보았고 처음으로 브런치 작가 신청을 했다. 두근거리는 마음으로 며칠을 기다렸지만 결과는 불합격. 소심한 복수로 몇 개월 동안 브런치를 아예 쳐다도 보지 않았지만, 아마 아무도 눈치채지 못했을 것이다.

블로그를 몇 년째 운영하는, 글쓰기가 일상인 블로거들도 몇 번의 도전 끝에 브런치 작가가 되었다는 후기가 눈에 들어왔다. '내가 막 글쓰기에 재능이 없어서 그런 건 아니구나' 하며 스스로 다독이고 위로했다. 그렇게 다시 브런치 작가에 도전하였고 불합격의 쓰라림을 한 번 경험해서인지, 발표를 기다리는 시간이 마냥 불안했다. 나약, 불안, 잉여, 겉멋, 재능 없음, 헛된 도전, 역시 너는 안 돼……. 발표를 기다리는 동안 온갖 부정적인 감정들이 머릿속을 헤집으며 불안하게 만들었다.

그날도 설거지와 방 청소를 끝내고 어김없이 침대에 누워 천장을 넋 놓고 보고 있을 때 핸드폰 알림이 울렸다.

합격이다.

벅차오르는 감정을 주체하지 못하고 바로 엄마에게 전화를 걸었다.

"엄마! 나 브런치 작가 신청했었는데 합격했어! 방금 연락 왔어!"

"엄마 지금 집에 가는 길~. 브런치가 뭐꼬?"

"이제 내가 글을 쓰면 사람들이 볼 수 있고, 내 글이 마음에 들면 사람들이 구독도 하고 그러는 거야! 그럼 나는 독자가 생기는 거고! 이제부터 시작이지만 저번에 한 번 떨어져서 엄청 불안했는데, 이번에 붙었다! 붙었다고~!"

지금의 내 처지에 이것마저 떨어졌다면 자괴감에 빠져

얼마나 더 잉여 인간으로 살았을지, 찐득하게 게을러진 내 모습이 상상되었다. 엄마와 통화를 시작하는 순간부터 너무 벅차올라 울대가 울렸고, 내 목소리는 떨리고 있었다. 엄마의 축하 한마디에 금방이라도 기쁨의 눈물을 펑펑 흘릴 준비가 되어 있었다. 그런데 우리 엄마는…….

"얼마 주는데?"

"응?"

"그거 돼서 작가 되면 얼마를 버는데? 돈 많이 주나?"

돈 얘기부터 꺼내는 엄마를 나는 이해한다. 암, 그렇다마다. 내 죄가 크다. 분위기 못 맞춰준다고 버럭 화를 내기보다는 부드러운 목소리로 설명하기로 했다.

"지금 당장 작가로 어디 취직하는 건 아니고, 이제 글 쓰는 일로 돈을 벌 수 있는 가능성이 열리는 거지! 작가가 될 가능성~."

"아, 아직 돈 버는 건 아니고? 아……. 그래그래. 축하한다. 아고~ 축하한다~. 축하~."

엄마는 분명 뭘 축하해 줘야 하는지 잘 모르는 것 같았지만, 내가 서운해할까 봐 기쁜 척 목소리 톤을 올렸다. 생각해 보면 엄마는 나의 기쁨이 최고조에 달하는 그 첫 순간, 단박에 나의 기쁨을 공감해 준 적이 거의 없다.

우선 나의 기쁨의 대상이 되는 '그것'이 무엇인지 제대로 알기 전부터 나에게 축하를 강요받기 때문이다. 그리고 늘 잘 속고 다니는 내가 또 어디서 당하고 온 건 아닌지 노파심 때문에 현실부터 생각해야 하기 때문이다. 6년간 벌었던 돈을 다 날려버린 일도 있었기에 너무나 당연하다.

엄마는 퇴근하고 현관문을 열고 들어오면서 큰 소리로 나를 이렇게 불렀다.

"정 작가~. 정 작가 집에 있어? 엄마 왔는데? 정 작가~."

우리 엄마가 나의 기쁨에 아예 동참을 해주지 않는 매몰찬 엄마는 아니다. 엄마에게는 단지 상황을 이해할 시간이 필요할 뿐이고, 이해가 끝나면 이처럼 내가 생각했던 것보다 더 과감하게, 오래도록 표현해 주신다. 그래서 나는 내가 엄마에게 늘 성에 차지 않는 축하를 받지만, 제일 처음으로 기쁜 소식을 알린다. 그 뒤로도 계속 엄마는 나를 '정 작가'로 부르신다.

걷고 있으면 머릿속의 생각 알갱이들이 하나로 정리되기도 한다. 그래서 나는 하염없이 걷는 것을 좋아하고 즐겨한다. 하지만 오늘은 괜스레 아침부터 기분이 가라앉아 아침 산책을 쉬었다. 아침을 활기차게 시작하지 않으면 그날 하루는 계속 우울한 날이 되고 만다. 아마 오늘 하루도 그런 우울한 날이 될 듯하다. 가끔 이런 날이 찾아오면 답이 없다. 그날 하루는 버리는 수밖에……

엄마가 즐겨보는 저녁 일일 드라마가 끝나고 더위가

조금 물러선 오후 8시 30분. 침대에 늘어져 있는 나를 일으키며 같이 운동하러 가자는 엄마를 못 이기는 척 따라나섰다.

자신에게 온갖 부정적인 질문을 던지며 걷는다. 이렇게 나를 채찍질하는 질문들이 쏟아져 나올 때가 있다. 이것 역시 아직 헤쳐 나갈 방법을 찾지 못했기에 겸허히 받아들일 수밖에 없다.

'남들 다 참고 다니는 회사 그냥 나도 참고 다닐 걸 그랬나?'

'이 나이에 내가 무엇을 다시 시작할 수 있을까?'

'나는 왜 이렇게 해놓은 게 없는 거지? 뭘 하고 산 거지?'

그림자만 쳐다보며 생각에 갇히려고 하는 순간, 엄마의 목소리가 들린다.

"어휴, 시원해라. 아침 땡볕에 운동 나가지 말고 엄마랑 저녁에 이렇게 시원하게 운동하면 얼마나 좋니? 운동 끝내고 개운하게 샤워하면 잠도 잘 오고. 앞으로는 엄마랑 저녁에 운동하자, 알겠지?"

"알겠어. 엄마 말대로 저녁에 걸으니 시원하고 좋네."

"그나저나 늘 이 시간에 보이던 키 작은 할머니가 안 보이네? 어디 가셨나……."

"오늘은 운동 안 나오셨겠지."

"운동을 하는 거니, 마는 거니? 팔을 크게 앞뒤로 흔들어야 팔뚝 살이 빠지지. 흔들어, 이렇게. 엄마처럼!"

"이렇게?"

내가 생각의 꼬리를 물 틈 없게 엄마는 재잘재잘 잠시도 쉬지 않고 나에게 말을 건다. 그 질문들이 귀찮지 않다. 가벼운 물음들에 가벼운 답변들……, 나의 우울한 잡념이 사라져갔다. 가끔은 이렇게 엄마와 함께 걸어야겠다고 생각했다.

"아, 됐어. 그거 얼마 한다고."

월급이 따박따박 들어오던 직장인이었을 때 내가 자주 하던 말이다. 점심시간 차 한 잔의 여유를 위해 직장 동료들과 들른 카페 계산대 앞에서 찰나의 침묵을 견디지 못하고 내 카드를 점원에게 내밀었을 때 "과장님이 지난번에도 사주셨잖아요. 이번엔 제가 낼게요"라고 말하는 후배에게 한 말.

n분의 1로 정산하다 애매한 뒷 단위가 나왔을 때 쿨하게 친구 녀석들에게 한 말.

회사 다니면서 생긴 병으로 병원 가는 일이 잦았는데, 그때마다 실비보험 청구하라는 엄마에게 한 말.

커피를 너무 좋아해서 하루에 2~3잔씩 사 마시는 나에게 커피값 아껴서 주식하라고 조언하는 지인들에게 한 말.

인터넷 쇼핑을 할 때 최저가로 정렬할까, 빠른 배송 순으로 정렬할까를 고민하는 나에게 하던 말.

직장인 시절, 절약은 내게 그다지 중요하지 않았다. 번거롭게 느껴질 뿐이었다. 매월 스스로 정한 금액을 저축하고도 나 혼자 먹고 살기 충분한 돈이 늘 통장에 있었기 때문이다. 재테크에 관심 없는 욜로족에 가까웠던 나는 충분하다고 생각하며 10년 이상을 살아왔다. 가끔 카드값에 허덕여 어쩔 수 없이 적금을 깨거나 친구에게 돈을 빌려야 할 때도 있었지만, 2~3개월 고생하면 다시 여유로운 일상으로 돌아갈 수 있었기에 아무런 문제가 되지 않았다.

하지만 회사를 그만두자 나의 일상은 조금씩 변하기 시작했다.

미뤄뒀던 보험금을 청구했다. 실비보험의 경우 청구 가능 기간이 치료 완료 후 3년 이내이기 때문에 부랴부랴 기간을 넘기지 않은 병원비를 확인했다.

핸드폰 액정을 교체할 때 귀찮아서 넘긴 보험료도 서둘러 신청했다. 이미 지출한 금액에 대한 환급 개념의 보험금이지만, 입금된 금액을 보니 용돈 받은 기분이 들어 입가에 미소가 번졌다.

출퇴근용으로만 사용하던 차를 퇴사와 동시에 처분하고, 자동차보험 환급과 1년 치를 미리 낸 자동차세에 대한 환급을 알아보고 신청했다. 자동차보험 환급금은 신청한

지 하루 만에 입금되었다. 자동차세 환급은 자동으로 신청이 되는 건 줄 알고 '스마트 위택스' 앱의 '환급조회'만 확인하며 기다렸지만 아무리 기다려도 환급받을 이력이 없다며 조회가 되지 않았다. 그래서 관할 지자체 담당부서로 전화해 문의하니 3일 만에 입금되었다.

그동안엔 친구들이 다들 전업주부라서 커피 정도는 돈 버는 내가 자진해서 사곤 했다. 사회생활 인연들도 대부분 나보다 동생들이었기에 얻어먹는 것이 어색해 내가 먼저 계산을 해두는 편이었다. 이제는 누굴 만나든 n분의 1로 하자고 먼저 제안했다. n분의 1 제안이 조금 민망했지만 다들 당연하게 받아들였다.

택배 기다리는 걸 싫어하지만 온라인 최저가 금액도 만족스럽지 않으면 나중에 있을 세일을 기다렸다. 아무리 기다려도 세일을 하지 않으면 포기하는 법을 배우는 셈 치고 사지 않았다.

각종 은행 앱의 출석체크 이벤트도 매일 참여해서 포인트나 커피 기프티콘을 받았다. 커피는 최대한 이렇게 마셨다. 거의 두 달 정도는 공짜로 커피를 마실 수 있어서 행복했다.

가장 중요한 건 단 한 번도 써본 적 없는 가계부를 쓰기 시작했다는 점이다. 나는 청개구리 심보라서 누가 시켜서 하는 일은 하지 않으려 하고, 스스로 와닿고 절실해야만 그제야 움직이는 타입이다. 남들이 시킬 때는 콧방귀도 뀌지 않던 일들을 알아서 하게 되었다. 점점 형편에 맞춰 돈을 대하는 태도가 바뀌었다. 돈이 궁하기 때문이다.

백수도 고정 지출이 있다. 보험료, 전화요금, 개인연금, 적금, 생활비, 병원비 등등……. 욕구를 참아서 줄일 수 있는 지출은 생각보다 적었다. 참고 아껴 쓰는 것을 넘어서 소액이더라도 수입을 만들어야 했다.

가계부를 쓰기 시작하자 쌓이고 쌓여 큰 금액이 된 하루하루의 커피값이 눈에 들어왔다. 예전처럼 내가 마시고 싶을 때마다 사 마실 수는 없겠다는 생각이 들었다. 이렇게까지 해야 하나 자괴감이 들어 하루의 기분을 망친 적도 있다. 이런 기분을 느끼려고 퇴사를 한 건 아니었다. 스트레스를 줄이고 나 스스로 더 행복해지고자 선택했던 퇴사다. 그러므로 나는 행복해지기 위해 돈을 대하는 태도를 바꿀 필요가 있다고 느꼈다.

내 자존감이 상하지 않는 범위 내에서 누리던 것들은 최대한 누리되, 지출 부담을 덜기 위해서는 100원이라도 부수입을 창출하는 방법밖에 없었다. 소액이라도 차곡차곡 모을 수 있는 일은 마다하지 않고 뭐든 시도했다. 남의 눈을 의식하기보다 스스로 만족했다면 그것이 어떤 일이든 상관없다는 생각이 들었다.

책상을 정리하다 5천 원에 당첨된 로또 15장을 발견했

다. 이런 행운이! 진정한 로또로세! 아무래도 바꾸기 귀찮
다고 방치하듯 모아둔 듯하다. 전부 현금으로 교환했다.
예상치 못했던 7만 5천 원을 내 가계부에 수입으로 기록하
고, 설레는 발걸음으로 카페로 향했다.

2장

아팠던 걸까,
지쳤던 걸까

비가 오더라도 나가겠습니다

백수에게도 월요병은 존재한다. 그런데 회사 다닐 때와는 사뭇 다른 월요병이다. 주말의 여파로 축 처져 아무것도 하기 싫지만 출근을 해야 하는 월요병이 아닌, 늦잠 자지 않고 활기차게 한 주를 시작해야 한다는 강한 의지를 다지는 월요병.

'시작이 좋아야 끝도 좋은 법! 월요일은 무조건 알차게 보내야 해!'

이번 주는 화요일 빼곤 계속 비가 온다고 했다. 하지만 지난주에도 예보가 틀린 날이 꽤 있었기에 아침 걷기 운동을 나가기로 마음먹고 잠이 들었다.

점점 커지는 후두둑 소리에 잠에서 깨어 밖을 내다보니 비가 온다. 걷기 운동을 방해하는 비가 전혀 반갑지 않았다. 내리는 비를 방에서 멍하게 보고 있자니 갑자기 반항심이 스멀스멀 올라왔다. 비 때문에 앉아만 있고 싶진 않았다. 벌떡 일어나 운동복을 갖춰 입고 산책로가 있는 집 앞 공원으로 나갈 채비를 했다.

'저게 누구야~. 박 씨 할머니 외손녀 아냐~. 뭐 하는 거래?'

'비 오는 날 우산 쓰고 운동하는가 보네~. 회사 그만뒀다더니 웬 청승이래~.'

동네 인싸인 우리 할머니 친구분들이 혹시 날 알아보고 수군거리면 어쩌나 상상했다. 비를 맞으며 동네 산책로에서 유일하게 걷고 있는 나를 알아보는 게 그리 어렵지 않겠다는 생각도 들고, 할머니 망신시키는 건 아닌가 고민되기도 했지만, 또다시 반항심이 스멀스멀 올라왔다.

'그러라지 뭐!'

발걸음에 더 힘을 주어 큰길 건너에 있는 산책로를 향해 걸어 나갔다. 호기롭게 나가다 오른쪽 쉼터를 슬쩍 쳐다봤다. 이 쉼터는 동네 할머니들이 도란도란 이야기를 나누는 사랑방 같은 곳이다. 여름엔 늦은 밤까지 더위를 피해 쉬러 나오시는 할머니들이 종종 계신다.

아무도 없네. 다행이다. 산책로에 들어섰다. '예상대로 나뿐이군' 하는 순간, 도란도란 대화하며 걷고 있는 아주머니와 청년, 이어폰을 귀에 꽂고 바닥에 떨어진 비를 보며 걷고 있는 아저씨, 늘 있던 그 자리에 서서 오늘도 무언가를 바라보고 있는 두루미가 눈에 들어왔다. 날씨는 중요하지 않았다. 하고 싶은 것이 있다면 평소보다 준비물을 조금 더 챙기면 그만이다.

나는 아직도 남의 시선에서 해방되지 못했다. 여전히 그들에게 보이는 내 모습을 중요하게 여긴다. 가족과 친구들은 한 직장에서 14년이란 시간을 쉼 없이 달려온 내가 대견하다며 퇴사를 축하해주었다. 그리고 나의 매일매일을 응원한다. 오직 나만이 이 휴식이 내게 합당한지 송곳같이 뾰족한 질문들을 던진다.

'정말 당연한 휴식일까? 나만 열심히 산 게 아니잖아. 다들 견디고 있잖아.'

비가 와도 우산만 준비해서 나오면 여느 때처럼 운동을 할 수 있다. 준비물이 다 갖추어지면 그냥 밖으로 나가 계획했던 일을 하면 된다. 많은 생각은 필요 없다.

앞쪽에서 땅만 쳐다보며 걸어오던 아저씨가 인기척을 느꼈는지 고개를 들어 마주 오는 나를 쳐다보았다. 조금 놀란 눈빛으로 나를 스쳐 지나간다.

'비도 오는데 우산 들고 운동이라니. 거참 대단하네.'

나도 아무렇지 않은 척 스쳐 지나갔다.

'그러는 아저씨도 우산 들고 운동 중이시거든요?'

내가 하면 별거 아니지만, 남이 하면 대단해 보이는 심리. 고로 우린 둘 다 대단해요, 아저씨.

감기예요. 푹 쉬어야 낫는 병이죠

  더위가 완전히 가시지 않은 가을밤에 선풍기를 켜놓고 잔 게 화근이었는지 목이 따갑고 으슬으슬 한기가 느껴져 잠에서 깼다. 몇 달 전까진 조금만 목이 따가워도 코로나에 걸린 건 아닐까 덜컥 겁부터 났었는데, 이제는 코로나에 대한 긴장이 풀려서인지 대수롭지 않게 종합 감기약을 꺼내 입에 털어 넣었다.

  요즘 새벽에 추우니 전기장판을 켜야 한다는 엄마 말을 들었어야 했는데, 그 정도는 아니라며 호기롭게 입방정을 떤 어제의 나를 반성했다. 꺼놓은 전기장판을 켰다. 땀 쭉 빼면서 자고 나면 한결 나아질 것이라 믿으며 다시 잠이 들었다.

  평소보다 늦은 11시쯤 겨우 눈을 떴다. 약이 효과가 없었는지 목은 여전히 따가웠고 열이 올랐다. 아무것도 하고 싶지 않게 만드는 무더운 한여름의 아침처럼 몸이 축 처지고 힘이 나지 않았다. 그 순간 나도 모르게 흘러나온 혼잣말에 헛웃음이 났다.

"오늘은 공식적으로 아무것도 안 해도 되겠구나. 난 아프니까."

출근하던 평일에는 몸이 좋지 않거나 탈이 나면 내 몸보다 업무 걱정에 조급한 마음부터 생겼다. 컨디션만 괜찮으면 오늘 안에 충분히 끝낼 수 있는 업무인데, 대신해 줄 사람이 아무도 없어서 차질이 생길까 걱정부터 앞섰다. 아픈 채로 꾸역꾸역 업무를 처리하면서도 행여 실수라도 하지 않을까 노심초사했다. 내과, 이비인후과, 정형외과, 산부인과에서 스트레스받지 않도록 주의하라는 공통된 처방을 받았다. 이 처방이 몇 개월 동안 계속되자 판타지 소설 속 대사처럼 느껴졌다.

'어떻게 하면 스트레스를 받지 않고 살 수 있나요?'

현실에서는 도저히 스트레스받지 않는 방법을 찾을 수 없었다. 어쩌다 통증이 없으면 오히려 이상하게 여겨지는 나날들이었다. 내가 돈을 벌러 회사를 다니는 것인지 병원에 가려고 회사를 다니는 것인지 헷갈릴 정도였다.

불혹의 캥거루족이 되어 엄마의 품 안으로 다시 들어온 2~3개월 동안은 여전한 잔병치레로 꽤 힘들었다. 그럴 때마다 엄마는 몸 상태가 회복되려면 시간이 필요하니 생각은 줄이고 푹 쉬라 했다. 그렇다고 소파에 앉아 넋 놓고 TV만 보거나 침대에 드러누워 있기만 할 순 없었다. 어쨌든 한량처럼 보이고 싶지 않았다. 매일 일찍 일어나고, 운동을 가거나, 책을 읽거나, 아카데미 센터에 인문학과 교양 특강을 들으러 다녔다.

직장인 시절 쏟아지는 업무를 쳐내듯, 꼭 해야만 하는 빡빡한 일정을 스스로 만들었다. 온전히 쉬는 건 나에겐 너무나 힘든 일이었다. 남의 시선이 신경 쓰였고, 시간에 무뎌지는 삶을 살게 될까 봐 두려웠다. 그런 나에게 친구가 한 소리 했다.

"너 그거 한 발만 삐끗하면 자격지심이야!"

쓴맛인 거 같기도 하고 단맛인 거 같기도 한 조언. 남일이라고 그렇게 함부로 말하지 말라고 버럭하고 싶다가도, 나를 걱정해 줘서 고맙다고 말하고 싶어지는 친구의 말. 어떻게 반응해야 할지 몰라 아무 대꾸도 하지 않았다. 친구의 말은 일리가 있다. 남이 아닌 내가 나에게 스트레스를 주고 있으니.

오늘 나는 감기에 걸렸다.

약을 먹고 푹 쉬어야 한다. 그래야 빨리 나을 수 있다. 무리하게 몸을 일으켜 운동을 나가면 안 된다. 병을 더 키우는 일이다. 잘 먹어야 한다. 다이어트 한답시고 사과 한 개, 고구마 한 개 먹다가는 면역력이 더 떨어진다. 그저 가만히 감기 낫는 것에만 집중해야 한다. 그저 내 몸부터 챙겨야 한다.

그러니 가지가지 하는 그대여, 오늘은 맘 편히 쉬시게.

퇴사하고 나서
더 돈독해졌습니다

- 과장님, 잘 지내고 계세요? 이번 주 일요일에 박 과장님 보기로 했는데 혹시 시간 되시면 같이 봐요.

추석 연휴가 시작되기 이틀 전, 재직 중에는 별로 교류가 없다가 퇴사 한 달 전 부서 통합으로 한 사무실을 쓰게 되면서 조금 친해졌던 이 대리로부터 문자가 왔다. 이번 추석에는 일이 있어 고향에 가지 않는다고 했다.

퇴사한 지 6개월이나 지났음에도 내가 보고 싶다고 해주는 그녀의 호의를 사양하기 힘들었다. 둘만 봤다면 자칫 어색할 뻔했는데, 서울로 이직한 나와 친한 박 과장과 함께 셋이 보는 자리라 부담이 덜 했다. 예전에는 어색한 분위기가 싫어서 웬만큼 중요한 일이 아니면 갖은 핑계를 대며 집에만 있으려 했는데, 이제는 그러지 말자 굳게 다짐하고 약속일까지 수십 번도 더 흔들리는 마음을 붙잡았다.

- 사장님 히스테리가 날로 심해져서 도저히 감당이 안 돼요. 문득 과장님 생각이 나서 연락드렸어요.

회사를 그만둔 외부인인 내가 과연 얼마나 그녀의 하소연에 공감해 줄 수 있을지 만나기 전부터 살짝 부담이 되었다. 자고로 회사 험담은 한 울타리 안에 있는 사람끼리 해야 제맛이다. 지금은 그저 들어주기만 해도 그녀의 스트레스가 조금은 풀리지 않을까 싶어 열심히 들어주기로 했다.

하지만 정작 만나자 그녀가 하소연 한 마디를 하면 나는 게거품을 물고 열 마디를 했다. 이젠 나와 상관없는 회사의 말도 안 되는 상황들에 흥분했고, 마치 내 일처럼 화도 났다. 나를 너무나 잘 아는 박 과장은 전혀 줄어들지 않은 내 앞의 텐동을 가리키며 진정하고 밥 먹으라며 어깨를 두들겼다.

"정 과장님, 또 화나서 밥도 안 먹히나 보네. 밥 좀 드세요."

내가 또 지나치게 감정 이입하는 바람에 이 대리는 듣고만 있는 처지가 되었다.

"작년에 제가 이 회사 입사할 때, 과장님이 저보고 우리 회사 대부분이 장기근속자라고 하셔 놓고……. 정 과장님도 박 과장님도 다 올해 그만둬 버리시는 게 어딨어요!"

"그래, 내가 미안하다. 그렇지만 나도 도저히 버틸 수 없는 상황이었어."

'있잖아……, 사실 나도 내가 그렇게 그만둬 버리게 될 줄은 몰랐어.'

이어지는 말은 속으로만 해야 했다. 몇 년째 지속된 과도한 업무들로 인한 정신적·육체적 피로감이 극에 달해 업무 재배치를 요청하고자 사장님과 면담한 적이 있다. 너보다 사장인 내가 더 힘들다는 둥, 시간이 지나면 괜찮아질 거라는 둥, 지금의 감정은 일시적인 거라는 둥, 사장님은 겉치레 말만 늘어놓았다. 오히려 팀장으로 진급을 제안하며, 팀원 없이 사장님 직속으로 인사팀을 혼자 꾸려보는 건 어떻겠냐는 어이없는 제안을 했다.

나는 회사 다니면서 단 한 번도 힘들어서 못 하겠다는 말을 해본 적 없다. 그저 내 일이라 여기고 '하고 또 할 뿐'이었다. 그랬던 내가 처음으로 속내를 내비쳤는데 사장님은 그걸 너무 대수롭지 않게 넘겨버렸다. 억지로 붙잡고 있던 인내의 끈이 이때 툭 끊어져 버린 듯하다.

몇 년 전 회식 자리에서 이사님이 몇십 분째 나를 붙들고 얘기하다가 술주정인 듯 던진 뼈 있는 한마디가 떠올랐다.

"정 과장, 때마다 적절하게 티 내고 생색내는 것도 능력이야."

'내가 내 일 하는데 무슨 생색이 필요하지? 말도 안 돼!'

그 당시엔 절대 동의할 수 없었던 이사님의 말이 퇴사를 다짐하고 난 뒤, 나를 지치게 만든 건 사실 나 자신이 아닐까 하는 의심이 드는 날엔 늘 떠올랐다.

"이 대리는 안 될 듯한 일을 사장님이 지시하면, 바로 그 자리에서 NO라고 하더라. 그런데 사장님은 NO를 싫어해. 노력하면 안 되는 게 없다는 지론이 강한 분이셔. 그러니 업무를 지시하면 일단은 확인해 보겠다고 하고, NO가 될 수밖에 없는 근거를 정리해서 메일로 보고하는 게 좋아. 그런 스킬이 좀 필요해."

"네, 맞는 말인 것 같아요. 그렇게 한번 바꿔볼게요."

이사님의 말을 흘려버렸던 나처럼, 내 조언을 그녀가 흘려버린대도 어쩔 수 없다. 하지만 나는 온 정성을 다해 조언을 아끼지 않았다. 그러고 싶었다.

"걔들이 언제까지 너랑 놀겠니? 전 회사 동료는 길어야 1년 안에 없어질 인연들이야!"

회사 후배들과 약속이 있다는 내 말에 엄마가 시큰둥하

게 대꾸했다. 아마도 엄마는 지금은 나와 놀아주겠지만 서서히 각자 바쁜 생활에 연락이 끊기면 혼자 남게 될 나를 걱정하는 듯했다.

"괜찮아. 지금 좋으면 됐지, 뭐."

엄마가 뭘 걱정하는지 충분히 안다. 나도 그런 걱정을 안 해본 것이 아니다. 하지만 언제까지 갈 인연인지를 재고 계산하고, 차등을 두어 마음을 쏟는 건 머리 아파서 못하겠다. 그냥 하고 싶은 대로 하련다.

나만 좋으면 그만인 '오늘'만 생각하기로 했다.

헤어지고 나서 나눈 문자에서 이 대리는 오랜만에 만나서 회사 얘기도 하고 자기편에서 얘길 들어줘서 고맙다고 했다. 알려준 대처법도 잘 활용해 보겠다고 했다. 그리고 다음에 또 만나자는 기약 없는 약속을 했다.

이제는 그 어떤 교집합도 없는 퇴사자들과의 만남에서 그녀가 얻어가는 것이 있다면 다행이다 싶다. 그녀의 고단함이 조금이라도 줄어들기를 바라는, '오늘'은 그런 날이다.

126

가끔 모임이 그리워
회사로 돌아가고 싶다

언제부터 내 금요일을 그들과 함께했는지 잘 기억나지 않는다. 금요일 퇴근길은 다른 요일보다 차가 더 막힌다. 아무리 서둘러 퇴근 준비를 하고 나와도 여유롭게 퇴근하던 다른 요일보다 더 늦게 집에 도착하곤 했다. 도로 위에 버려지는 시간이 아까워 친한 박 대리와 구매팀 김 부장님께 메시지를 보냈다.

"오늘 회사 근처에서 간단하게 저녁이나 먹고 갈까요?"

그렇게 시작된 '간단한 저녁식사'가 그날 이후 금요일의 습관이 되고, 어느새 모임이 되었다. 우리는 3년 정도 회사 근처 맛집이란 맛집, 예쁜 카페는 다 다녔다. 금요일에 다른 약속이 생겼다고 하는 사람에겐 '배신자'라며 다신 상종하지 않겠다는 으름장을 놓기도 했다. 울분, 분노,

억울함, 짜증을 털어내는 한 주의 의식을 이들과 무사히 치르고 잠자리에 들어야 정말 일주일이 끝난 것처럼 느껴졌다. 술을 그다지 즐기지 않는 부장님과 박 대리 덕에 취할 듯 마시고 고주망태가 되어야 일주일간 쌓인 회사 스트레스가 풀리던 나의 잘못된 습관도 고쳐졌다.

우리가 밥을 먹으며 대화를 나누는 동안 서로에게 가장 많이 하는 말은 매번 똑같다.

"얘기 끝났어요? 이제 제 얘기해도 되죠?"

"다들 제 얘기 듣고 있어요?"

일주일간 회사에서 겪은 일들을 얼른 풀어내고 싶은 마음에 상대방의 이야기가 빨리 끝나길 기대하며, 별다른 호응 없이 먹기만 하는 상대방을 보며 내 이야기를 듣고는 있는지 의심하며 되묻곤 했다.

"넌 나랑은 여덟 살, 부장님이랑은 열다섯 살이나 차이 나는데 재밌어? 따분하지 않아?"

집에 가는 길에, 그것도 불금에, 한두 번도 아니고 우리와 시간을 보내는 20대의 박 대리가 이해되지 않아 물었더랬다.

"네, 재밌어요. 제 진지한 얘기를 가볍게 받아줘서 그게 좋아요."

그러고 보니 그런 것 같다. 가볍지만 격정적으로, 무심한 듯 내 편이 되어주는 대화의 분위기가 이 모임의 가장 큰 매력이다.

더 나은 곳으로 이직하여 더 나은 대접을 받기를 서로에게 진심으로 바라주던 우리. 부장님이 1월, 내가 4월, 박 대리가 7월, 이렇게 순서대로 퇴사했다. 휴식을 선택한 나 말고는 정말 그 말처럼 더 나은 곳으로 일터를 옮겼다. 각자의 퇴사일에 맞춰 상패를 제작하고, 케이크와 꽃다발도 준비해 회사가 알아주지 않는 그간의 노고를 서로 위로해 주었다. 그날도 어느 주의 금요일이었다.

박 대리가 서울로 이직하면서 자연스레 우리의 정기모임은 무기한 연기되었다. 가끔 단톡에서 각자 새로운 삶에 잘 적응하고 있는지 안부를 묻곤 했다. 안부로 시작된 우리의 대화는 늘 그랬듯 "이제 내 얘기 시작해도 돼?" "내 얘기 듣고 있냐?"라는 물음들로 넘쳐났다.

그해 12월 초, 박 대리가 정기모임을 제안했다.

- 저 12월 30일에 연차 쓰고 대구 내려가요! 그날 보는 거 어때요? 다들 시간 괜찮아요?
- 보자, 오랜만에.

김 부장님이 짧지만 반가움이 묻어나는 답을 하셨다.

- 백수는 직장인 여러분이 정하는 시간과 장소에 모두 맞추겠습니다~.

거절할 이유가 1도 없는 나는 환승에 환승을 거듭해서라도 이 모임에 참여할 거라는 굳은 의지를 내비쳤다.

한 달 전부터 정한 우리의 금요일 정기모임. 5개월간 쌓인 각자의 이야기보따리를 풀려면 오늘도 아마 서로의 이야기가 빨리 끝나기만을 바라며 자기 이야기를 듣고 있는지 그리고 또 정말 듣고 있는 게 맞는지 재차 확인하겠지?

이상하게 그런 우리들의 모습이 전혀 밉지 않다. 세상 무거운 이야기를, 세상 가볍게 들어주며 별일 아니라고 다독여 주는 게 이 모임의 매력이니까.

일상에서의
긴장을 푸는 연습

　여름날 아침 7시, 저절로 눈이 떠졌다. 역시 내가 감당해 내기엔 너무 찐득한 대구의 여름이다. 다시 잠을 청하려 노력했지만 잠이 오지 않았고, 이렇게 불쾌한 상태로 누워있을 바에야 아침 산책이나 가자 하고 가볍게 집을 나섰다.

　집 앞 잘 가꿔진 동네 산책로에는 늘 뛰는 사람, 걷는 사람, 운동 기구로 운동하는 사람, 함께 나온 누군가와 벤치에서 수다를 즐기고 있는 사람 등 다양한 모습으로 시간을 즐기는 사람들이 있었지만, 오늘은 개미 한 마리도 찾아볼 수 없다.

　이 더위를 뚫고 산책로에 운동 나온 사람은 나 하나뿐이었다. 이 넓은 산책로에 나 혼자라는 게 신기한 듯 짜릿

해서 이어폰 음악 소리에 맞춰 팔다리를 춤추듯 흔들었다. 누군가가 봤다면 춤이라고는 상상조차 못 했을 그런 몸짓을.

내리쬐는 땡볕에서 수박처럼 붉어진 얼굴로 30분쯤 걷다 보니 목이 말라 아이스 아메리카노를 사러 근처 편의점에 들렀다. 아이스박스에서 얼음컵을 골라 결제하고 뒤편에 있는 커피머신에서 얼음컵 윗부분의 랩핑을 뜯어 커피머신에 올려놓고 라지 아이스 아메리카노 버튼을 눌러 샷이 나오길 기다리는데, 뭔가 이상했다. 얼음컵 뚜껑이 없네? 커피를 다 내리고 나서 계산대로 다시 갔다.

"사장님, 방금 제가 계산한 얼음컵 뚜껑이 없어요."

"없다고요? 아. 그렇네요! 없네요."

편의점 사장님은 아이스박스 안에 컵 뚜껑이 분리되어 혼자 나뒹굴고 있는 건 아닌지 찾아보셨다.

"아가씨가 뚜껑 없는 컵을 집었네요."

"그래요? 죄송해요."

결국 짝을 잃은 내 컵의 뚜껑은 발견되지 않았고, 사장님은 다른 멀쩡한 얼음컵의 뚜껑을 벗겨내어 주셨다.

"감사합니다."

편의점을 나와 걷다 보니, 문득 내가 잘못한 일도 아닌데 나는 왜 "죄송하다"고 말한 건지 의문이 들었다. 그렇다고 사장님 잘못도 아니다. 그냥 별일 아닌 일이다. 재수 없었던 내 똥손이 문제라면 문제였겠지. 잘잘못을 따져야 하는 일이 아니었음에도 나는 왜 "죄송하다"고 했을까? 왜 습관적으로 '내 잘못'이라는 결론을 내렸을까?

회사 인사팀에 입사한 뒤 가장 중요하게 여긴 업무 예절 중 하나가 인사다.

"안녕하십니까."

"수고하셨습니다."

"감사합니다."

"죄송합니다."

인사팀은 직원들이 업무에 집중하여 생산성을 높일 수 있도록 복지 향상을 위해 노력해야 하는 일종의 서비스직이라고 팀장님은 늘 말씀하셨다. 자사 직원들과 거래업체 직원들 모두와 좋은 관계를 유지해야 다음에도 얼굴 붉힐 일 없이 평화롭게 업무를 할 수 있으니, 매사에 먼저 숙이고 들어간 습관적 말버릇들. 그게 어느새 내 일상에도 들어와 있었다.

꾹꾹 눌렀던 감정들이 빠져나가지 않고 속에 쌓여 회사를 그만둘 수밖에 없는 상태가 되었음에도, 나는 여전히 습관적으로 불필요한 사과와 지나친 감사를 표현하고 있다.

물론 사과와 감사의 표현은 인간관계에서 당연히 필요하다. 그렇지만 아무것도 아닌 일상의 가벼운 해프닝과도 같은 일에도 '사과'와 '감사'를 반복하여 자신을 낮추는 게 습관이라는 건, 내가 내 일상조차 늘 긴장한 상태로 지내고 있다는 건 아닐까? 나는 아직 '예의 바름'과 '지나침'의 경계를 잘 구분하여 표현할 스킬이 부족하다.

자신을 상처받게 하는 일을 만들지 말자. 일상에서의 긴장을 조금씩 풀어내고 자기를 옭아매고 있던 버릇들을 알아가는 시간을 많이 가져야겠다.

일처럼
취미를 쳐내지 말자

　서울로 이직한 박 대리를 오랜만에 만난 날이었다. 회사를 그만둔 지가 언젠데 나는 아직 박 대리라 부르고, 박 대리는 아직 나를 과장님이라 부른다. 하긴 언니라 호칭을 고쳐 부르기엔 너무 오랜 세월 그녀에게 나는 과장님이었다. 그래서 나도 그에 상응하는 호칭으로 그녀를 여전히 박 대리라 부르고 있다.

　나는 필라테스, 산책, 등산은 이전처럼 꾸준히 하고 있고, 새로 프랑스 자수 수업을 다니고, 내년엔 일본 여행을 계획하고 있으니 다시 일본어나 배워볼까 한다며 근황과 계획을 알렸다. 치열한 서울살이에 적응하느라 정신없을 그녀의 일상과 대조될 나의 단조로운 일상을 부러워하는 그녀의 볼멘소리가 나오기 전에 먼저 선빵을 날린 것이다.

과연 나의 선빵이 더욱 부러움을 자아냈을지, 아니면 나도 나름 바쁘다는 어필이 먹혀들어 갔을지는 막상 날리고 나니 의아해졌다.

"오~ 과장님, 취미 부자시네요! 멋져요."

취미? 갑자기 박 대리의 입에서 흘러나온 '취미'라는 단어에 꽂혔다.

"내가 지금 하는 이 모든 게 취미일까?"

"엥? 취미지, 그럼 뭐예요?"

"뭔가 취미는…… 너처럼 직장을 다니거나 일을 하고 돈을 버는, 본업의 시간을 뺀 나머지 시간에 자기계발이나 힐링, 스트레스 해소를 목적으로 하는 게 아닌가 해서……. 나는 지금 돈을 안 벌고 있잖아. 그래서 취미라 할 수 있는 건가 싶어서."

'뭐지? 또 이상한 거에 꽂혔나?'

그녀의 표정에 황당, 당황, 어이없음이 모두 나타나 있었다.

"아냐, 아냐. 가벼운 궁금증이야. 표정 풀어."

"돈을 벌고 안 벌고로 취미냐 아니냐를 나눌 수 있는 게 아니잖아요. 과장님도 참~."

"너의 하루는 본업에 적응하기 위해 고군분투하는 시간이 대부분이지만, 내 하루는 내가 해야 하는 일들을 해내기 위해 전력을 다하는 시간이 대부분이거든. 그래서 가끔 이게 지금 나에게 정말 취미생활이 맞나 싶어. 새로 시작한 프랑스 자수 숙제를 다 해가는 게 참 빡세다, 빡세."

말 잘한다는 자부심 하나로 살아온 나인데, 오랜만에 사람과 대화를 해서 그런지 구구절절하고 두서도 핵심도 없었다.

"뭘 그렇게 똥줄 빠지게 하려고 해요. 과장님도 가만 보면 미련하다니까. 하고 싶을 때 하고, 하기 싫으면 하지 말아요. 숙제 좀 덜 하면 어때요? 여유롭고 자유롭게 살려고 회사 그만둬 놓고 왜 또 얽매이고 있어요?"

후배에게 배우는 게 많다.

촉박하게 겨우겨우 완성했다고 말하며 과제물을 꺼내 보이는 나에게, 똑같은 숙제를 받아 간 다른 수강생들은 힘들지 않게 숙제를 해온다며 자수 선생님은 살짝 의아해했다. 선생님이 지은 표정의 의미를 알아들은 나는 수놓은 꽃잎이 마음에 들지 않으면 몇 번씩 풀어헤쳐 다시 한다고 답했다. 선생님은 이제야 이해되었다는 듯 아직 기초단계이니 완벽하지 않아도, 조금 못생긴 꽃잎이 되어도 괜찮다며, 지금은 기법만 손에 익히는 거로 충분하다 하셨다.

내 시간을 내어 시작하는 일, 게다가 돈까지 내고 하는 일에는 반드시 그 값어치만큼 해야 한다는 생각이 강하다. 그래서 기간 내 목표를 달성해야 하거나 수준 향상이 필요한 일에는 일부러 돈을 쓰곤 했다. 들인 돈이 아까워서라도 열심히 하려 하기 때문이다. 이상하게 '무료 수강'은 작심삼일처럼 이내 '무료하게' 대하게 된다.

물론 부작용도 있다. 이게 가장 큰 문제긴 하다. 들인 돈을 생각하며 용쓰다 결국엔 즐기지도 못하고 나가떨어져 버린 적이 허다하다. 6개월 치 헬스를 끊어놓고 1개월 바짝 가곤 다신 그 헬스장 앞을 지나가지도 않게 된다거나, 수업이 끝난 뒤에도 온종일 카드 공부만 하다 제풀에 지쳐서 7주 과정의 타로카드 수업을 3주밖에 출석하지 않는다거나⋯⋯. 목표를 달성하지 못한 취미는 몇 가지든 댈 수 있다.

해야 하니 일처럼 한다. 즐기며 한다는 게 어떤 기분인지 나는 아직 모르겠다. 이 자세를 유지하면 고관절이 뻐근해지며 아플 거라는 필라테스 선생님의 말과는 달리 하나도 아프지 않은 고관절을 아프게 하려고 자세를 이리저리 바꿔보듯, '즐기는 것'이 무엇인지 알기 위해 나름 이리저리 하루 루틴과 숙제를 대하는 태도를 바꿔보고 있다. 쉽지는 않다. 이게 즐거움인가? 싶다가도 옹졸하게 본전을 생각하게 된다.

'이왕 하는 거, 이왕 시작한 거, 이왕 여기까지 온 거⋯⋯.'

나의 모든 행위에 존재하는 '이왕'을 떨쳐내고 싶다.

3장

마흔,
와플처럼
천천히
익어가는

승진에 미끄러진 이모가
산에 올라 쏟아낸 욕 한마디

- 설 연휴에 팔공산 갓바위 등산 갈래?
- 좋아.

　설 연휴 등산을 제안한 막내 이모와 나는 딱 열두 살 차이 띠동갑이다. 우리에겐 같은 띠라는 공통점보다 더 강력한 공통점이 있다. 아직 결혼하지 않은 혼기 지난 딸이라는 타이틀이다. 외갓집과 우리 집 온갖 촌수를 통틀어 미혼 여성은 우리 둘뿐이라는 점이 서로를 더 애틋하고 끈끈한 사이로 만들었다.
　내가 회사 다닐 때 힘든 일이 있으면 30년 이상 한 직장에 몸담은 막내 이모에게 전화 걸어 조언을 구하곤 했고, 이모도 속상한 일이 있는 날엔 나에게 전화해 하소연하

곤 했다. 공통점만큼 강력한 차이점은 막내 이모는 잘나가
는 금융계 종사자 '골드미스'라는 점이다. 저 가냘픈 몸에
서 그런 깡다구와 체력이 어떻게 나오는지 모르겠지만, 이
모는 아직도 일에 대한 열정이 어마무시하다. 승진을 위해
작년 한 해 휴가도 반납하고 열심히 일한 결과, 전국 상위
권에 드는 실적을 내고 한 번 받기도 힘든 표창을 세 번이
나 받았다고 한다.

하지만 모두의 예상과는 반대로 승진에서 미끄러졌다.
해낸 만큼 보상받는다는 막내 이모의 인생 모토가 꺾이고
말았다. 이모는 올해를 그런 절망으로 시작하게 되었다.

이모는 갓바위에 올라 부처님께 승진 기원 기도를 드려
볼까 하던 찰나, 날이 갑자기 너무 추워져 포기하고 내려
온 탓에 승진에 미끄러진 건 아닌지 자책했다. 여러 가지
일에 의미를 두며 이 생각 저 생각에 머리가 터질 것 같은
것도 나와 비슷하다.

이모에겐 청춘 만화에나 나올 법한 화이팅 넘치는 오글
거리는 대사들이 잘 먹힌다. 내 손이 오글거리다 사라질
것을 각오하고 온갖 화이팅 넘치는 말들을 카톡 창에 쏟아
냈다.

- 음력 1월 1일은 아직 안 지났잖아! 갓바위 등산으로
올해를 다시 활기차게 시작하는 거야!

설 다음 날, 우리는 아침 일찍 팔공산 갓바위에 올랐다. 얇은 티를 몇 겹씩 겹쳐 입고 두꺼운 옷을 껴입어 몸은 춥지 않았지만, 장갑을 깜빡하는 바람에 손끝이 아렸다.

갓바위 등산을 자주 하는 나와 달리 몇 년 만에 오른 이모는 버거워했다. 등산객 쉼터가 나올 때마다 쉬어야 했다.

"나이가 들긴 들었나 봐, 예전엔 이 정도로 힘들지 않았던 것 같은데⋯⋯. 얼마나 남았어?"

"힘들면 쉬엄쉬엄 가자. 근데 아직 반도 안 왔어. 이모 운동 좀 하긴 해야겠다."

"그래⋯⋯. 이렇게 산을 오르는 것도 힘든데, 승진은 오죽 힘들겠어⋯⋯. 한 번에 되는 게 어딨겠니. 그렇지만 진짜 작년에 내 실적이며 표창이며 안 될 이유가 전혀 없는데 왜 미끄러진 거야!"

이모는 한 마디 한 마디마다 기복이 심했다. 어떤 이야기든 그 이야기의 끝은 승진에 미끄러진 현실에 대한 분노, 원망, 절망이었다.

"내가 아무리 잘해도 운때가 안 맞으면 그게 또 안 되더라고⋯⋯. 그렇게 생각해, 이모. 그렇게 털어내야 이모도 스트레스를 덜 받지."

"그래⋯⋯. 그런 거겠지? 난 분명 최선을 다했는데⋯⋯."

내 말에 수긍한 듯 이모의 분노 섞인 말투가 사그라들

었다. 의자에 앉아 숨을 고르며 잠시 정적이 생긴 틈에 옆 의자에 앉아 있던 중년남성의 시선이 느껴졌다. 뭔가 말을 걸 듯한 분위기를 감지했을 때 얼른 이모를 데리고 일어섰어야 했는데, 운때가 맞지 않은 듯 일은 벌어져 버렸다.

"두 분, 모녀 사이세요?"

어르고 달래며 이모의 기분을 좋게 만들어 주려던 내 노력이 한순간 물거품이 되어버렸다. 미동조차 하지 않는 이모에게서 그 어떤 말로도 위로가 될 수 없을 듯한 분노의 아우라가 진하게 느껴졌다. 나마저 대답하지 않는다면 이모는 정말 아저씨와 한 판 뜰 것 같아, 개미 목소리로 답을 했다.

"아니요……. (이제 그만 하세요, 제발.)"

"아, 아니, 친구 사이는 아니잖아? 친구로는 안 보여서."

눈치 없는 아저씨가 더 이상 말을 붙이면 아무래도 사달이 날 것 같았다. 이모는 계속 아무 말도 하지 않고 정면만 응시하고 있었다.

"이모, 이제 그만 쉬고 다시 올라갈까?"

아저씨는 호기심 가득한 표정으로 우리를 계속 쳐다봤지만, 배려 없는 아저씨의 호기심에 장단을 맞춰주고 싶진 않았다.

"아니, 친구 같아 보이지 않으면 자매 사이냐고 물을 수도 있는 거지. 상대방 기분도 생각하지 않고 저렇게 막말을 해대는 실례가 어딨어! 안 그래? 저 아저씨 눈이 삔 거 아냐? 우리가 무슨 모녀 사이야! 안 그래, 이모?"

이모의 정적이 무서워 입에 모터 달린 듯 쉬지 않고 말을 했다. 가만히 듣고 있던 이모가 조용히 말했다.

"내가 좋은 마음으로 오른 산에서 저딴 말을 들어야 하는 거야? ××."

이모 입에서 욕이 나오는 걸 난생처음으로 들었다. 아무리 힘든 일이 있어도, 심지어 산에까지 올라오게 만든 승진 탈락을 겪고서도 지금까지 욕은 하지 않는데, 분노와 절망을 덜어내고 마음을 다잡으러 온 산에서 결국 욕 나올 일이 생겨버렸다. 이모는 계속 표정이 좋지 않았고 말수도 급격히 줄어들었다.

나이 먹을수록 듣고 싶은 말은 "예쁘다"가 아니다. "젊어 보여요" 혹은 "그 나이로 안 보여요"이다. 상처 가득한 마음에 저런 말까지 들었으니 오죽했을까?

"이모, 내 인생에 중요하지도 않은 지나가는 엑스트라 1인 때문에 속상해하지 마. 마음 아까워."

"그래, 나 괜찮아. 너무 신경 쓰지 마."

갓바위의 1365개의 계단이 시작되는 시작점에 놓인 팻말엔 이렇게 적혀있다.

'한 가지 소원은 꼭 들어주시는 갓바위, 약사여래불.'

"이모, 갓바위 부처님은 한 가지 소원은 무조건 들어준

대. 오늘 우리 열심히 기도하고 가자.”

"진짜? 오케이~. 좋았어!"

나는 동네 앞산 마실 가듯 자주 가던 산이라 팔공산 갓바위에 오르고 내리는 일을 쉽게 생각했지만, 사실 이 한 가지 소원을 이루기 위해 각 지역에서 온 관광객들이 사계절 내내 찾는 유명한 산이다. 이곳에서 간절하게 기도해 본 적이 있었는지 반성이 될 정도로, 이모는 무언가를 읊조리며 진심을 다해 기도했다. 나는 등산화를 신고 벗기 귀찮다며 절도 잘하지 않았는데, 이날은 이모 따라 나도 정성껏 절도 해봤다.

내려오는 하산길에선 한 번도 쉬지 않았다. 원래 올라갈 때보다 내려올 때가 더 힘든 법인데, 이모는 부처님께 간절히 드린 소원들이 진짜 이루어질지 그 기대감에 들떠 하나도 힘들지 않다고 했다.

눈치도 배려도 없는 아저씨의 말도 다 잊은 듯, 재정비한 1년 계획에 대해 들어보라고 말하는 이모는 내가 알던 열정이모로 돌아와 있었다. '기대'라는 감정이 꽤 여러 긍정적 효과를 낳았다는 사실에 새삼 감사했다.

면접관에서
면접자가 되었다

　내가 마지막으로 출근한 날에서 해가 바뀌었다. 14년간 몸담은 애증의 첫 직장을 그만두고 온 그날, 엄마와 짜장면을 사 먹고 벚꽃 구경을 갔다. 실컷 쉬어보면 일을 하고 싶어지는 때가 올 거라며, 그때가 언제든 다시 시작하면 된다는 엄마의 위로와, 쌀쌀한 바람에 흩날리던 분홍 벚꽃잎들이 불안감보다는 기대감으로 백수 생활을 시작하게 해주었다.

　휴식 기간이 6개월을 넘어서자 공허함과 불안감이 짙어졌다.

　'놀아본 놈이 놀 줄 안다고…….. 이놈의 노예근성…….'

　부정적 감정이 수백 가지의 잡념들을 만들어, 밤잠 설치는 날들이 점점 늘어났다. 뭔가 생산적인 일이 필요했다. 소일거리 정도의 경제 활동을 시작해볼까 싶어 처음엔 가볍게 아르바이트 자리를 알아보았다.

그러다 돈에 대한 욕심이 커진 건지 일에 대한 욕심이 생긴 건지, 이력서와 경력기술서, 자기소개서까지 정성껏 준비하며 본격적으로 구직활동에 들어갔다.

노무, 인사, 채용, 급여, 총무 등 내 경력 기술서는 화려하다. 그중에 가장 화려한 파트는 바로 노무다.

복수노조 사업장에서 최근 3년간 각종 소송과 신고, 노동청 압수수색 대응, 노동청 불시 점검 대응을 총괄 수행한 이력은 헤드헌터들에게 구미가 당기는 경력이었는지, 꽤 많은 이직 제안도 들어왔다. 직책은 팀장급으로, 직전 연봉의 최대 20% 인상을 제안했고, 이전 직장보다 더 큰 규모의 중견기업들이라 그런지 복지 수준도 대기업급이었다.

나를 가장 빛나게 해주는 경력이 노무지만, 지금과 같이 시들게 만든 결정적 원인도 노무이기에 더 이상 그 일은 하고 싶지 않았다. 그래서 제안은 너무나 감사하지만 원치 않는 직무라는 이유로 모두 거절했다.

인사팀의 가벼운 실수가 회사의 약점이 될 수 있었던 수많은 분쟁 속에서 느낀 '끊임없는 내 탓'과 '사람에 대한 두려움'을 더 이상 경험하고 싶지 않았기 때문이다.

하루에 3~4개의 회사에 입사 지원을 하면서 가장 먼저 포기한 것은 연봉이다. 이전 직장에서 팀장 승진을 제안받을 정도로 책임감 있게 일을 잘했기에, 동일 업종의 다른 회사들보다 연봉은 높은 편이었다. 출퇴근 유류비와 핸드폰비도 지원받았다. 처음에는 내가 이렇게 받아도 되나 싶었지만, 얼마 지나지 않아 깨닫게 되었다.

'대가 없는 보상은 절대 있을 수 없다.'

'회사는 절대 허투루 돈을 쓰지 않는다.'

'회사는 절대 불리한 계약은 하지 않는다.'

그래서 이전 직장 수준의 연봉을 받을 수 없을 걸 알면서도 소규모 기업들 위주로 입사 지원을 시작했다. 친구들과 지인들은 경력이 아깝다며 굳이 연봉을 낮춰가며 이직하려는 나를 이해하지 못했다. 공감과 이해를 얻지 못한 나의 판단에 확신이 조금씩 사라질 무렵, 20인 규모의 화장품 회사에서 면접을 보고 싶다는 연락이 왔다.

"안녕하세요. 우리 회사에 입사 지원하신 ○○○ 씨 맞으시죠? 이번 주 목요일 오전 10시에 면접 가능하신가요?"

면접 일정을 안내하는 여직원의 목소리에서 인사팀 과장이었던 내가 생각나 괜히 아련해졌다. 서류 전형에 통과한 기쁨보다는 이제는 내가 면접을 봐야 하는 처지가 되었다는 사실에 괜스레 울적하고 애매한 기분이 들었다.

면접 공지를 하던 입장에서 받는 입장이 된 그 순간, 내가 회사를 그만두었다는 것이 비로소 실감 났다. 면접용

정장을 오랜만에 꺼내 입고 떨리기도 하면서 반쯤 내려놓은 복잡한 마음으로 면접장을 향했다.

예정 시간보다 20분 일찍 도착해 조용한 면접장에서 혼자 우두커니 앉아 시간을 보내고 있자니, 회사 접견실에서 떨고 있던 수많은 면접자가 떠올랐다. 긴장을 풀어주고자 한두 마디 농담을 던져도 제대로 웃지 못하던 그들이 이해되었다. 웃는 표정이든 경직된 표정이든, 온화한 말투든 딱딱한 말투든, 다정한 눈빛이든 째려보는 눈빛이든, 표정과 말투에 상관없이 면접관들이 하는 질문은 다 긴장될 뿐이다.

면접관일 때에는 다정한 말투와 온화한 표정을 유지하며 최대한 배려를 가득 담아 면접자들에게 질문했는데, 면접자가 되어보니 '다 소용없는 짓이었구나' 하는 생각이 들었다.

"우리는 이전 직장 연봉 수준을 맞춰줄 수 없을 것 같은데, 어떻게 생각하세요?"

예상했던 질문이 나왔다.

"그 부분은 감안하고 지원하였습니다. 1년 정도 쉬다 보니 일의 소중함을 느끼게 되어, 다시 시작한다는 것에 의의를 두었습니다. 회사 내규에 따르겠으나, 많이 주시면 더 감사히 일할 수 있을 것 같습니다."

내 긴장을 풀어보고자 뻔하지만 나름 농담 반 진담 반

을 섞어 택한 답이었다.

"월급을 더 주고 싶은 일 잘하는 직원이 먼저 되어야 하겠죠?"

농담 섞어 던진 말에 죽자고 덤비는 참 냉정한 말이다 싶다가도 '하긴 회사가 이런 곳이었지' 하며 바로 수긍했다.

"수고하셨고요, 합격 여부는 다음 주 월요일에 연락드릴게요."

"네, 감사합니다."

긴장의 여운이 가시지 않은 채, 어안이 벙벙한 상태로 면접장을 빠져나오자 여직원 한 사람이 따라 나왔다.

"수고하셨어요. 혹시 택시 불러드릴까요?"

일반 버스가 다니지 않는 외곽에 있는 회사였기에, 내가 집으로 돌아갈 일이 신경 쓰이는 듯 물었다. 퇴사 후 바로 차를 처분해서 택시를 타고 왔다는 내 말을 기억하고 있었나 보다.

"아니요, 걷는 걸 좋아해서 좀 걷다가 알아서 가면 돼요. 신경 쓰지 마세요. 감사해요."

처음 보는 나를 이렇게까지 신경 써주는 그녀에게 고마움과 따뜻함을 느꼈다.

'이 회사, 생각보다 괜찮을 수도 있겠다.'

정문을 나와서 30분을 걸었다. 면접 오는 길에 내리던 비는 그쳤지만 바람이 세게 불어댔다. 얇은 봄 정장을 입었지만 생각이 많아진 터라 추운지도 몰랐다. 면접관이었던 내가 방금 면접을 끝냈다는 사실이 걷는 내내 마음을 울렁이게 했다. 정확히 어떤 감정인지는 모르겠다.

첫 직장에 애정이 많았다. 마지막엔 분노와 울분, 짜증이 가득한 일들뿐이었지만 좋았던 일도, 성취감을 느꼈던 일도 많았던 곳이다. 재직 중에도 어떻게 내 연락처를 알았는지 이직 제안을 몇 번 받기도 했지만 이곳에서 뼈를 묻으면 묻었지, 이직은 내 인생에 절대 없을 일이었다. 돌이켜보면 참 고지식한 생각이었다 싶다.

내일이면 내 이직이 결정 난다. 연봉이 줄어든다고 해서 일이 줄어드는 건 아닐 것이다. 팀원으로만 살아왔던 내가 이젠 팀장이 되어 인재 관리도 해야 한다. 사실 이게 제일 두렵다.

'두렵다. 무섭다. 한 적 없다. 하고 싶지 않다. 옳은 선택일까?'

지금의 내 선택을 부정하는 소극적이고 소심한 생각들이 끊이지 않지만, 안 하는 것보다 하고 후회하는 게 낫다는 말을 믿어보기로 했다. 설령 이 회사에 불합격한대도.

경력직 면접은
아직도 낯서네요

한 회사의 인사팀 경력사원 채용 면접을 보고 왔다. 퇴사 후 세 번째 경력직 면접이었다. 지난 면접에선 경력직답지 않게 엄청 긴장한 상태로 면접을 봤다.

"신입과 경력의 차이는 당당함이야! 긴장한 내색 없이 조곤조곤 말해야 전문적으로 보인다고!"

떨려 죽겠다는 내 말에 친구는 이미 벌벌 떠는 모습이 마이너스로 작용했을 것이라며, 무조건 당당하게 답변해야 한다는 일장 연설을 늘어놓았다.

맞는 말이다. 인사팀에서 14년간 근무했다는 사람이 들어올 때부터 창백하게 긴장한 모습으로 들어오더니, 답변하는 내내 면접관의 기에 눌려 흔들리는 눈동자와 떨리는 울대를 진정하지 못한다면, 경력기술서에 적힌 이 많은 업무를 수행한 사람과 지금 면접을 보는 사람이 동일인이 맞는지 의구심이 들 것이다.

이직 경험이 없기에 14년 전 신입 시절 세네 번 면접을 본 것이 전부인 내게, 경력직 면접은 낯선 것투성이다. 친구가 말하는 프로페셔널한 이미지를 주는 게 무엇인지 머리로는 알겠지만, 행동은 내 뜻대로 되지 않았다. 떨리는 목소리로 외운 티 팍팍 내며 준비한 자기소개서의 60% 정도만 겨우 전달하고 있는 내가 한심하면서도 안쓰러웠다.

학생 신분으로 취직을 위한 면접을 볼 때와 직장인 신분에서 또 다른 직장을 구하기 위한 면접에서의 질문은 달랐다. 신입사원 면접에선 나의 성향을 파악하기 위한 질문이 대부분이다.

1) 성장 과정과 학교생활
2) 성격의 장단점
3) 인간관계에서 나의 역할
4) 취미와 특기
5) 입사 포부

경력직 면접에선 오롯이 업무 처리 능력에 관한 질문뿐이다. 나라는 인간에 대해선 굳이 질문하지 않는다. 이전 직장에서의 업무 처리 스타일을 보고 직접 판단할 뿐이다.

1) 경력기술서에 적힌 업무의 확인

2) 인사고과 및 평가에 대한 실질적 수행 경험의 예시

3) 연봉 인상에 대한 불만으로 면담을 요청한 직원 설득 방법

4) 직원 사이에 발생한 분란이나 회사에 대한 불만 해결 방법

5) 엑셀, PPT, 워드 실력 확인

질문이 전문적인 만큼 나의 대답도 전문적이어야 한다. 버벅대는 말투, 부족한 어휘력을 들키는 순간 내 대답의 신뢰도는 떨어지고 만다.

다행히 이번 세 번째 면접은 긴장이 덜했고, 꽤 떨지 않고 모든 질문에 답을 하긴 했다. '너 지금 무슨 말을 하는 거니?'라는 생각이 들 정도로 길을 잃어버린 대답도 간간이 했지만, 입 꾹 닫고 어떤 말을 해야 할지 몰라 하는 것보다는 백배 낫다며 정신 승리를 했다.

이전 직장에서 하도 사람에 시달린 탓에 사람 상대하는 일은 하고 싶지 않았다. 싫다기보다 겁이 났다. 그러다 어떤 날엔 또 인사업무 커리어를 더 쌓고 싶어졌다.

동생 카페에서 아르바이트하며 조금씩 일을 시작해볼까 싶다가도, 무심코 HR 업무 관련 맞춤 채용 공고 알림 메일을 뚫어져라 쳐다보게 된다. 뭐든 뚝딱뚝딱 잘 해낼 수 있을 거라 생각했던 마흔이 되었는데도, 내가 정말 원하는 게 무엇인지 잘 모르겠다. 그래서 요즘은 내 삶이 답

답하게 느껴질 때가 많다.

"막상 입사시켰는데, 그들이 생각했던 것보다 내 능력이 없어서 실망하면 어쩌지? 내가 잘 해내지 못하면 어쩌지?"

"입사했는데 역시 인사·노무가 나와 맞지 않은 직무인 걸 다시금 느끼게 되면 어쩌지?"

하루에도 열두 번 똑같은 질문을 반복한다.

"누구나 다 그래, 처음부터 누가 잘하냐? 차차 적응하면서 그렇게 또 배우고 성장하면 되는 거야."

"적성에 안 맞으면 그만두면 되지. 뭐가 걱정이야."

친구는 하루에도 열두 번 똑같은 대답으로 내 두려움은 별거 아니라는 듯 얘기해준다.

선택을 망설이며 가상의 실패를 두려워하기보다는 뭐라도 해보자. 지금까지의 삶에서 가만히 생각만 하는 것보다 뭐라도 해봤을 때 더 괜찮은 결과가 나왔으니. 그렇게 또 이번 주 나의 면접 결과를 기다리는 중이다.

누구보다 낫고 싶은 건 저예요

    몇 달 전부터 나를 괴롭히던 목감기가 이제야 다 나았나 싶었는데, 얼마 전부터 목이 다시 따가워졌다. 작년에도 이놈의 목감기로 한 달 넘게 고생했는데, 언제까지 감기를 달고 살아야 하나 싶어 힘이 쭉 빠졌다. 하도 항생제를 먹어서 그런지 이제는 설사나 속 쓰림 같은 부작용도 없어진 지 오래다. 하루에 두 끼 먹는 데 익숙한 내가 약을 먹기 위해 시간 맞춰 삼시세끼 챙겨 먹는 건 여간 힘든 일이 아니다.

    자라 보고 놀란 가슴 솥뚜껑 보고 놀라는 것처럼 미세먼지나 황사로 잠시 목이 따가운 정도인데 괜히 내가 엄살 피우나 싶어 3일을 지켜보다가 이비인후과에 갔다. '이 환자 참 감기 자주 걸리네' 하고 생각하진 않을까 혼자 민망해하며 진료실로 들어갔다.

"왜 또 오셨어요?"

의사 선생님의 첫마디부터 썩 기분이 좋지 않았다.

"아…… 목이 따가워서요. 기침은 잘 때만 조금 나오는 편이고, 가래는 심하지 않은 것 같아요."

능숙하게 증상에 대해 알리는 나는 영락없는 단골이다. 잠시 아무 말이 없이 모니터를 보던 선생님은 고개를 돌려 정색하며 내게 말했다.

"이렇게 약 띄엄띄엄 먹으면 안 된다고 했잖아요. 왜 약 다 먹고 다시 안 왔어요?"

순간 당황했다. 띄엄띄엄 약을 먹은 적이 없다고 생각했다.

"어, 다 나아서 감기약이 아닌 비염약으로 처방해 주셨는데……. 비염약은 증상이 있으면 먹고 없으면 안 먹어도 된다고 하셨던 것 같은데……. 그러고 오늘 감기 증상이 다시 있는 것 같아서 왔는데요?"

"아니에요. 다 나은 게 아니었다고요. 비염약 처방받고 나서 일주일 뒤에 다시 목이 아프다며 왔잖아요. 그때도 벚꽃 구경 가셨다면서요? 무리하면 안 되고, 바깥바람 쐬면 안 되고, 스트레스받으면 안 된다고 했는데 그때 환자분이 벚꽃 구경 다녀와서 다시 감기가 심해졌다며 약을 처방받아 가셨잖아요, 4월 초에."

의사 선생님이 조목조목 이야기하니 기억이 났다. 꼴랑 1시간 바깥에서 벚꽃 본 거 가지고 병을 키웠다며 그때도 엄청 혼이 났다. 마스크 얇은 거 하고 다닌다고 정색하고, 술 마신 거 아니냐며 의심하고 정색하고, 스트레스받지 말랬는데 혹시 뭐 피곤한 일 했냐고 정색하고……. 오늘은 서러웠다. 더 이상 아무 말도 하고 싶지 않았다.

처방된 약을 다 먹고 다 나은 듯해서 다시 병원을 찾지 않은 내 탓도 있다면 있겠지만, 병원 올 때마다 의사 선생님의 정색을 들어야 할 만큼 내가 그렇게 잘못한 것인가 싶었다. 두 달 동안 처방받은 약도 꼬박꼬박 잘 먹고, 벚꽃 구경 갔다가 정색을 들은 이후론 이동할 때 빼고는 실외 활동도 하지 않았다. 모두 내가 백수인 덕에 가능했지 직장인이었다면 완전 불가능할 조심들이었다.

무엇보다 그만 아프고 싶은 건 바로 나다. '얼죽아'인 내가 아이스 음료도 끊고 뜨거운 음료를 마시며 목에 무리가 가지 않기 위해 노력했던 지난 시간이 주마등처럼 지나갔다. 이제는 아이스 음료를 마셔도 된다는 행복감과 사라진 목 통증에 대한 기쁨에 '돌아온 일상'이 얼마나 반가웠는지 선생님은 모를 것이다. 돌아온 일상의 기쁨이 예상과는 달리 오래가지 못하고 이렇게 진료실에 앉아 입을 벌리고 있다는 현실이 속상해 죽겠는데, 꼭 이렇게까지 다그쳐야 하나 싶었다.

"네······. 죄송합니다."

그러곤 아무 말도 하지 않았다. 죄인이 무슨 할 말이 있겠는가? 내가 무슨 말을 해도 변명이고 핑계일 것이 뻔했다. 묻는 말에 "네, 네."만 하며 소극적으로 바뀐 내 태도에 의사 선생님도 본인이 조금 심했나 싶었는지, 다정한 목소리 톤으로 바꿔 나에게 이것저것 설명을 해주셨다.

그러거나 말거나 나는 얼른 진료를 끝내고 이 병원을 나가고 싶었다. 목이 따가워지고 바로 병원에 오지 않았던 것은, 나 스스로 엄살을 피우고 있는 건 아닌지 지켜보기 위한 시간이 아니었던 것 같다. 사실은 의사 선생님의 정색을 마주할 용기가 나지 않아 병원 가는 것을 미루고 또 미루고 있었던 것이다.

직장인이었을 때는 처방약을 다 먹은 후 다시 병원에 오라는 선생님의 당부를 지키지 못한 적이 많았다. 병원에 가기 위한 외출이나 조퇴도 한두 번이지, 매번 내 상황을 봐줄 상사가 어딨겠는가? 그렇게 병원에 가지 못하다 한참 지나 같은 병으로 다시 병원을 찾아도 대놓고 내 잘못이 크다며 탓하는 선생님은 아무도 없었다. 단지 주의를 줄 뿐이었다. 그 정도의 주의로도 충분히 알아듣는다. 난 다 큰 어른이니까.

"선생님한테 혼났어. 제대로 관리 안 한다고······. 에휴."

"혼날 거까지 있어?"

"관리 안 한 내 탓이지, 뭐. 나름 한다고 했는데 더 해야 하나 봐. 맨날 혼나, 맨날."

대기실에서 기다리던 어느 날, 진료를 받고 나오는 할머니께서 친구분과 나누는 대화를 들은 적 있다. 그때는 대수롭지 않게 넘겼는데, 내 일이 되고 보니 대수로워졌다. 나도 그 할머니처럼 처음엔 내 부주의로 병을 키운 건 아닌지 자책하기 바빴는데, 돌이켜보면 누구보다 최선을 다해 병과 싸우고 있는 건 나였다.

병원을 옮겨야겠다. 아픈 것도 서러운데 주눅까지 들고 싶지는 않다.

20년을 다닌 회사에서
퇴사한 이유

"아이고, 선배님~. 잘 지내고 계세요?"

박 차장님은 1년 먼저 퇴사한 나에게 선배라고 장난치며 늘 그렇듯 인심 좋은 밝은 목소리로 내 안부를 물었다. 연말과 명절 인사를 나누며 가끔 연락하고 지내는 동안에도 변함없던 차장님의 밝은 목소리……. 그런 박 차장님의 퇴사가 전혀, 절대로 믿기지 않았다.

나만 힘든 게 아니라는 생각으로 버티던 내 지난날처럼 차장님도 그렇게 버티며 잘 이겨낼 줄 알았는데, 3월 말 서울로 이직한 박 대리로부터 품질팀 박 차장님의 퇴사 소식을 전해 들었다.

"에이, 그러다 말겠지. 설마 정말 그만두시겠어?"

사직서가 수리되었고 퇴사 일자까지 확정되었다는 박

대리의 말이 믿기지 않았다.

"올해까지 치면 근속 22년이야. 청춘을 다 바친 회사를 그만둔다고? 그것도 한창 애들한테 돈 들어갈 일 많은 이 시기에?"

"하기는…… 그렇죠? 한창 돈 벌어야 하는 이 시기에. 설마 진짜 그만두진 않으시겠죠?"

단호하게 부정하는 내 태도 때문에, 말을 전하는 박 대리도 자기 말을 믿지 않게 되었다. 그게 사실이더라도, 누구나 가슴속에 하나씩 품고 있다는 사직서를 참고 참다 보여주기식으로 던진 건 아닐까 싶었다.

"알지, 알지. 내가 박 차장 힘든 거 알고말고."

"이번만 참자, 대안을 생각해 보자."

갖은 뻥카와 공짜 술로 어르고 달래면 다 풀릴 줄 아는 윗분들의 수작에 또 그렇게 넘어가, 차장님의 사직서가 철회되었다는 소식이 곧 들려올 것이라 믿어 의심치 않았다.

"과장님! 진짜 그만두시는 거 맞대요! 인사팀에서 말렸는데도 그만두신대요! 거제도 가신대요!"

며칠 뒤, 내 예상과 달리 정말 퇴사하시는 것도 모자라 저 멀리 거제도까지 가게 되었다는 말을 박 대리로부터 전해 듣게 되었다.

'왜지? 늘 아이들 사진을 자랑처럼 꺼내 보이던 차장님이 토끼 같은 자식들을 놔두고 혼자 왜 거제도까지?'

차장님은 대학을 갓 졸업하고 바로 이곳에 취직했다. 라떼는 계장 달고 주임 달고 나서야 대리가 될 수 있었다며, 사내 규정이 바뀌어 사원에서 바로 대리로 진급한 녀석들과 라떼의 대리 직급은 엄연히 차원이 다르다는 이야기를 술만 마시면 하셨던 분이다. 이곳에서 결혼도 하고, 첫째와 둘째 아이도 생겼다고 하셨다. 그 첫째와 둘째 아이의 돌잔치에 나도 초대를 받았다.

이곳에서 직장인이 되었고, 남편이 되었고, 아빠가 되었다고 하셨다. 인생의 중요한 순간마다 직장 동료들이 함께해 주었고, 그 힘으로 여태 버텨오셨다고 했다. 지금쯤 차장님도 한 번은 '못 해 먹겠다'고 드러누우셔야 하는 거 아니냐며, 그만 참고 부장님과 업무 분장 관련 면담을 해보라고 권유하는 나에게 "어차피 내가 하게 될 일이야"라며 투덜대지 않고 묵묵히 하던 분이셨다. 하긴…… 못하겠다고 바락바락 목청 높여봤자 내 목만 아플 뿐, 못 해 먹겠다던 그 일은 어느새 내 차지다.

"차장님, 그렇게 참다가 몸에서 사리 나오겠어요. 왜 혼자 다 하려고 하세요? 그런다고 알아주지도 않는다고요!"

새로 뽑은 검은색 그랜저를 좌석 비닐도 벗겨내지 않은 채 자랑하며 애지중지하셨지만, 불량 대응 출장과 선별 출장으로 2년도 채 되지 않아 주행거리 10만km를 넘겼다. 잠시 복귀 후 다시 경기도로 선별 출장을 떠나는 차장님이 안타까워 내지른 말이다. 차장님은 또 그저 힘없이 웃으며 돌아오면 치맥이나 한잔하자고 하셨다.

"그놈의 술술! 그러니까 윗분들이 술 사주면 다 풀리는 줄 안다고요!"

하극상 펀치를 맞고도 차장님은 허허하며 회사 정문을 나설 뿐이다. 차장님의 진짜 퇴사 소식을 듣고 며칠은 싱숭생숭했다. 오죽했으면, 오죽했으면 퇴사를 하실까?

'그간 고생하셨어요. 막상 나와보니 많은 사람이 다양한 일을 하고 있네요. 우리가 모르는 세상도 많으니, 우물을 뛰쳐나온 차장님을 응원합니다'라는 내용의 긍정 메시지를 보냈다. 정작 자신에겐 칭찬과 응원이 인색하지만, 차장님에겐 온갖 응원의 말을 정성껏 끌어모아 전해주었다.

"참…… 회사라는 곳이 희한한 것 같아요. 그래도 좋은 추억도 많았고, 내가 이곳을 정말 떠날 수 있을까? 싶다가도 막판 되면 오만 정이 다 떨어지게 되잖아요."

"그러게. 참 희한하더라. 나도 그냥 계속 다닐까 싶다가도, 하는 꼬락서니들 보니 더 하고 싶지도 않고……. 섭섭한 것도 슬픈 것도 없이 그냥 시원하기만 하다."

"그래도 좋았던 추억은 많았어요. 현장직 파업으로 관리직이 현장에 투입돼서 제품 만들 때, 얼굴은 꼬질꼬질해선 서로 박카스 나눠 마시면서……. 몸은 힘들었는데 정신은 오히려 덜 힘들었던 것 같아요."

"그래, 너도 얼른 건강해져서 다시 출근해야지. 이 나이에 나도 다른 지역까지 가는데, 너도 다시 시작해야지! 안 그래?"

"네! 열심히 생각 중이에요. 다시 돈 벌어야죠!"

"그래. 4월 말까지만 다니고 5월엔 좀 쉴 거니까, 그때 밥이나 한 끼 하자! 내가 회사에 정떨어진 이야기 싹 다 풀어주마!"

짠 내 나고, 서글프고, 서러워하다 한탄으로 끝맺을 줄 알았던 우리의 대화는 생각보다 밝았다. 퇴사 후 경험하게 될 삶에 대한 두려움과 현실적 문제들은 이미 충분히 알고 있기에, 지금 서로에게 필요한 건 그저 한 마디의 응원이라는 것을 잘 알기 때문이었을까?

나이 마흔 중반의 차장님, 초등학교에 다니는 토끼 같은 자식이 둘이나 있는 차장님은 한 가정의 가장이다. 나야 그렇다 치고, 20년 근속한 차장님을 퇴사하게 만드는 중소기업의 결정적 이유는 도대체 뭐였을까?

마흔,
와플을 구워보기로 했습니다

5년 전, 직장 동료가 자주 가는 절에 사주를 보러 같이 간 적이 있다. 나이 지긋한 스님이 내 얼굴을 스윽 보시곤 말씀하셨다.

"심성은 착하네. 장사할 생각은 하지도 마. 다 퍼주는데 뭔 이윤이 남아. 정~ 장사가 하고 싶으면 쉰 살 넘어서 해."

그 뒤로 스님 말씀을 좌우명 삼아 돈 벌며 사람 구실 하고 살려면 노비가 적당하겠다 생각했다.

회사 스트레스로 힘들어하는 것을 옆에서 지켜봐 온 가족 모두 퇴사 후의 삶을 응원하며, 이직할 생각은 하지도 말고 동생처럼 사장이 되어보라 권했다. 하지만 나는 "장사가 쉬워? 신경 쓸 게 더 많아"라는 말로 맥을 끊었다.

내가 전형적인 문과 감성의 소유자라면, 남동생은 이윤과 실리를 따지는 이과 감성이며 성격도 생김새도 모두 나와 반대다. 주말부부라 주말마다 대구 집으로 내려와 토끼 같은 자식들과 놀아주기도 바쁠 텐데, 부지런히 시간을 쪼개어 가게 자리를 알아보더니 3년 전에 첫 와플가게를 개업했고, 작년에는 매장을 하나 더 냈다. 요즘 잘나가는 아이템이 무엇인지 쉬지 않고 알아보고 있는 사업주이기도 하다.

동생은 내 사직서가 승인 나기 전부터, 믿을 건 가족뿐이라며 육아로 바쁜 올케 대신 나에게 와플가게의 전반적인 업무를 맡기고 싶어 했다. 번아웃으로 무기력감이 절정이었던 때라 회사를 그만두면 당분간 아무것도 하지 않고 쉬고만 싶다는 말로 몇 번을 거절했지만, 아랑곳하지 않고 몇 번이고 아르바이트를 권했다.

"돈도 벌고, 하다가 재밌으면 누나도 와플가게 하나 차리면 되잖아. 언제까지 노예로 살래?"

"노예로 살든 말든 냅둬! 내가 네 인생 들러리 하려고 회사 그만둔 줄 알아?"

틈만 보이면 일 시키려는 동생이 귀찮고 짜증 나 바로 후회할 모진 말을 내뱉은 뒤로 한동안 남동생의 스카우트 제의는 오지 않았다.

도전보다는 안정을 추구하는 성격으로 원래 겁도 많은

나지만, 갈기갈기 찢겨 마음속 상처투성이인 지금의 상태로 새로운 무언가를 시작한다는 게 겁의 수준을 넘어 공포로 다가왔다.

끝까지 미루고 미루던 아르바이트였다. 무엇이든 도전하다 어느 것도 시작하지 못하고 나아갈 길을 찾지 못했을 때 막차 타는 심정으로 올라탈 생각이었던, 안전그물과도 같은 남동생의 와플가게 아르바이트.

"이번 주 내로 면접 결과 알려준대. 떨어지면 아르바이트하러 갈게."

몇 번의 면접에서 당장 내일이라도 출근하라는 식으로 좋게 마무리가 되었지만 정작 최종 합격 여부 통보를 해주기로 한 날, 아무 연락도 오지 않았다.

처음엔 '내가 생각보다 별로인가?' 싶어 상처받았지만 점차 불합격에 적응되어 갔다. 채용사이트에서 구인 공고를 검색하며 아침을 시작했고, 조건이 맞다 싶으면 기계적으로 입사 지원 버튼을 눌러댔다. 통장 잔고 단위는 한 자리 줄어들었다. 덜컥 겁이 났다. 누군가 내 돈을 빼간 게 아닌가 싶어 체크카드와 신용카드 이용 내역을 확인해 봤는데, 전부 내가 쓴 것이 맞다. 재벌집 막내딸처럼 먹고 싶은 거 다 먹고 산 게 화근이었던 걸까? 아르바이트라도 해야 하나? 지출을 어떻게 줄여볼까? 생각이 많아질 무렵,

연락이 뜸했던 동생에게 카톡이 왔다.

- 누나! 목요일, 금요일 이틀만 아르바이트할래? 하루 4시간, 어때?

그나저나 이 자식 참 속도 좋다. 나 같으면 더러워서라도 다신 꺼내지 않을 제안을 포기하지 않고 또 꺼낸다. 평소 대화에 인색해 의도를 명확히 알 수 없는 동생이지만, 나를 위하고 있다는 것은 분명했다.

나 또한 뚜렷한 이유 없이 더 이상 거절만 할 순 없었다. 무엇보다 내 통장의 잔고를 위해서라도 소득 없는 상태로 면접만 보러 다닐 순 없었다. 마지막으로 본 면접 결과를 기다리고 있던 참이었는데 이번에도 불합격이면 와플가게 아르바이트를 하겠다고 답을 했다. 그리고 이번에 떨어지면 미련 없이 구직활동을 중단하기로 마음먹었다.

면접이 끝난 후 헐레벌떡 면접장을 뛰어나와 가방을 울러 매고 복도를 지나가던 나를 붙잡고 당장 출근 가능하냐고 물으시던 면접관의 태도와는 반대로, 또 '불합격' 통보를 문자로 전달받았다.

- 보건증 없지? 일단 오늘 빨리 가서 보건증부터 만들고, 다음 주에 일 배우러 가게로 와.

- 어.

- 아르바이트하기 싫어?

- 싫으면 안 해도 되냐?

- 안 되지.

면접 떨어진 분풀이로 괜히 동생에게 투덜댔다.

회사를 그만두기로 마음먹은 순간부터 남동생은 늘 말했다, 언제든 아르바이트하러 오라고. 그 '언제든'이라는 말에 나보단 동생이 더 나를 필요로 하니, 내가 말만 하면 할 수 있는 쉬운 일이라 가벼이 여기기도 했다.

그리고 한편으론 좀 두려웠던 것 같기도 하다. 질량보존의 법칙에 따라 어느 곳이든 또라이는 존재하기 마련이다. 회사에서는 이미 알고 있는 직장 동료 100명 중 소문난 또라이 몇 명의 예측되는 몇 가지 행동만 조심하면 되지만, 자영업은 정해진 범위가 없다. 언제 어디서 어느 만큼의 위력을 가진 또라이를 만날지 모르니 늘 조심해야 하고, 예상치 못한 일이 발생해도 능청스럽게 잘 대응해야 한다.

역시 자영업도 '사람'이 가장 큰 변수다. 나를 힘들게 할 수도, 기쁘게 할 수도, 보람차게 할 수도 있는 '사람'이라는 존재.

- 내가 사장인데! 그런 일 있으면 나한테 바로 연락해!

- 바로 연락해도 그 또라이를 마주하고 있는 순간은 나 혼자잖아.

- 괜찮아. 별거 아냐. 뭐 그런 걸 벌써부터 겁내냐?

- 안 해본 일이니까! 겁나! 겁난다고!

- 시급은 9620원인 거 알지?

나의 걱정과 징징 따위는 가볍게 무시하는 남동생의 멘탈을 배워야 한다. 다음 주 수요일, 열다섯 살 어린 매니저에게 와플 굽는 법을 배우러 가기로 했다. 기고 들어가야 할 땐 기똥차게 알아채는 타고난 눈치로, 나이는 어리지만 배울 점이 많을 매니저님께 깍듯이 존대하며 열심히 배워 보기로 다짐했다.

마흔, 정규직에서 아르바이트생이 되어 일생일대의 첫 와플을 구워볼 예정이다. 떨린다. 회사 출근 전 속으로 읊조리던 다짐을 오랜만에 해본다.

'부디, 오늘도 무사히…….'

엄마는 내 걱정을 하지 않는다. 그저 믿을 뿐

"뭔 일 있어? 표정이 왜 그렇게 안 좋아?"

현관문을 열고 들어가니 엄마가 근심 가득한 얼굴로 TV를 보고 있다.

동글동글한 생김새부터 불같은 성격까지 똑 닮은 우리 모녀지만, 딱 하나 다른 점이 있다면 상처를 대하는 방법이다. 속상한 일이 생겼거나 어이없게 화나는 일이 생기면 재잘재잘 엄마에게 다 이야기하고 보는 나와 달리, 엄마는 속상한 일이 생겨도 티를 내지 않다가 한참이 지나 상처가 다 회복된 다음에야 이야기를 털어놓는다.

"큰이모가 일을 그만뒀대. 매니저랑 좀 안 맞았나 봐. 스트레스 너무 받아서 그만뒀다네. 아휴 참……."

"이모도 충동적으로 결정한 건 아닐 거 아냐? 매니저랑 얼마나 안 맞길래…….”

“몇 달을 고민했다네. 이제 나이도 있는데 다시 어떻게 직장을 구하려고……. 걱정이네, 걱정이야.”

직장 스트레스로 일을 그만두니 큰이모의 퇴사를 이해했지만, 엄마가 큰이모의 나이를 말하는 순간 나도 걱정스러워지긴 했다.

“요즘 70세에도 일하시는 분 많아. 기회만 좋으면 잘될 수 있을 거야. 이모 경력 많잖아?”

“그래도 누가 늙은 사람 쓰려고 하겠니? 젊은 사람 쓰려고 하지. 일하려는 사람 천지인데.”

큰이모에게도 몇 번의 백수 시절이 있었지만 그때마다 쉽게 재취업을 했으니 너무 걱정하지 말라고 했지만, 그 뒤에도 큰이모에 대한 엄마의 걱정은 이어졌다.

우리 집에 1년째 놀고 있는 백수가 있는데 백수 된 지 한 달도 되지 않은 큰이모 걱정만 그렇게 하냐며, 큰이모보다는 경력 단절 기간이 길어지고 있는 내 걱정이 더 되어야 하지 않냐고 엄마에게 물었다. 내가 건넨 질문에 대답은커녕 오히려 폭탄 타박을 받을까 싶어 최대한 조심하던 화제였는데, 참지 못하고 입 밖으로 꺼내 버렸다.

“아니? 난 너 걱정 하나도 안 되는데?”

엥? 생각지 못한 대답에 놀라 다시 물었다.

“걱정이 안 된다고? 왜? 왜 걱정이 안 되는데?”

"내가 네 성격 몰라? 놀 만큼 놀다가 일하고 싶어지면 하겠지. 능력 되잖아, 넌."

생각지 못한 엄마의 과분한 믿음에 감동이 밀려오고 울대에선 미세한 진동이 일렁거렸다.

한낮에 동네를 어슬렁거리다 내가 외할머니의 손녀임을, 내가 엄마의 딸임을 알고 있는 동네 사람이라도 만날까 봐 괜히 움츠러들었던 적이 있었다. 퇴사하고 3개월이 지났을 무렵이다. 왜 맨날 늦게 나갔다가 늦게 들어오냐며 늦은 귀가를 걱정하던 엄마는 그런 내 마음을 눈치챈 듯 말했다.

"일찍 일찍 다녀. 너 하고 싶은 대로 하고 살아. 난 너 걱정 하나도 안 된다."

그때는 걱정이 하나도 되지 않을 리 없을 엄마가 나를 안심시키기 위해 선의의 거짓말을 한다고 생각했다.

"근데 엄마는 왜 내 걱정을 안 해?"

"내가 네 걱정을 왜 안 해?"

걱정이 안 된다고 해서 왜 걱정을 안 하냐고 물었는데, 왜 내가 네 걱정을 안 하냐고 되묻는 엄마가 이해되지 않았다.

"아니, 나 면접은 자꾸 떨어지고 이렇게 집에서 글 쓰고 취미 생활 하고 있는 거 걱정 안 된다며. 1년이나 지났는데 왜 걱정이 안 되냐고."

"아, 그 걱정? 넌 그냥 놔두면 알아서 잘하는 아이니까. 잘할 거니까 걱정 안 하는 거지."

남동생이 조카에게 자주 하는 말이 "아빠는 아빠 딸 믿어!"다. 부모의 믿음은 자식에게 자신감과 자립심을 만들어 준다나 어쩐다나. 평소답지 않게 오글거리는 말을 딸한테는 잘도 한다며 동생을 놀렸는데, 이미 성격과 성향이 다 형성되고도 남을 마흔의 나도 엄마의 무한한 믿음에 자신감이 꿈틀댄다.

엄마의 염려와 달리 큰이모는 한 달 뒤 다른 회사에 취직했다. 나는 여전히 내가 하고 싶은 일에 집중하며 열심히 시간을 보내고 있다. 그리고 엄마는 여전히 내 걱정은 하지 않는다.

면접 본 회사의 채용 공고가
5개월째 올라와 있다

아침에 눈 뜨자마자 가장 먼저 하는 일은 '오늘의 날씨'를 확인하는 것이다. 딱히 차려입고 갈 곳도 없지만, 집 앞 마트를 가더라도 날씨에 맞게 OOTD를 갖춰 입고 나가고 싶은 자칭 패피의 섬세함이랄까? 다음 아침 루틴은 구인 공고 확인이다. 매일 시도 때도 없이 들어가며 하도 봤더니, 사람인에서 구인 공고 중인 회사 이름들이 낯설기보다는 낯익다.

회사 A에서 경력직으로 첫 면접을 본 적이 있다. 직원 30명 정도 되는 화장품 관련 사업을 하는 중소기업이다. 그때는 1년씩이나 되는 공백이 있는 마흔의 경력직을 누가 선호하겠냐며 자존감이 낮아질 대로 낮아진 상태여서, 연봉을 낮춰서라도 뽑아만 주면 무조건 가야겠다는 마음

178

이 컸다. 결론은 불합격이었지만.

재취직을 위해 사람인 사이트를 들락날락했던 2월 중순부터 인사관리팀 경력직 구인 공고를 게재했던 이 회사는 아직도 채용 요건의 토씨 하나 바꾸지 않고, 연장에 연장을 거듭하며 계속 사람인 사이트에 공고를 올려 놓았다.

처음엔 인사팀 팀장급을 채용한다기에 서류 합격 후 면접을 보러 갔는데, 사장님이 팀장급으로 채용 중이긴 하지만 과장·팀원급으로 입사해도 괜찮겠냐고 물었다. '연봉만 어느 정도 맞으면, 인재관리로 골치만 아프고 책임감만 막중한 팀장급보다는 누군가의 밑에서 팀원으로 일하는 게 훨씬 낫죠'라는 속마음은 숨기고, "직급은 전혀 상관없습니다"라고 짤막하게 대답했다. 결국 이 회사도 불합격이었지만, 이후 새로 올라온 구인 공고엔 '사원·대리급'으로 직급이 낮춰져 있었다.

처음엔 인재를 아직 찾지 못했나 보다 싶었지만, 면접관이던 사장님의 몇 가지 행동들을 떠올려 보니 정말 이 회사가 직원을 뽑을 마음이 있긴 한가 의구심이 생겼다.

첫째, 면접관인 사장님이 예정된 시간보다 20분이나 늦었다. 5분 정도야 그럴 수 있지 싶었다. 밖에 비가 오고 있으니 차가 막혀 10분 정도도 늦을 수 있겠다 싶었다. 20분이 지날 동안 어느 누구도 대기하고 있는 회의실로 찾아와 사장님이 늦는 이유에 대해 알려주지도, 양해를 구하지도 않았다. 그리고 나타난 사장님은 머리부터 발끝까지 명품을 휘감은 채 느긋한 발걸음으로 회의실로 들어왔다.

둘째, 사장님이 다른 면접관인 실장님의 말을 중간에 끊었다.

"자기소개 한번 해보시겠……."

"이전에 다니던 회사는 뭐 만드는 곳인가요?"

결국 달달 외워간 자기소개는 무용지물이 되어버렸다.

셋째, 함께 일하는 직원 한 명 한 명 모두 소중하다면서, 처음 본 나에게 뒷담화를 했다.

"우리 회사가 지금 한 27명 정도 되는데, 다 성격이 제각각이에요. 감당 가능하겠어요?"

"적응하는 데엔 시간이 다소 걸리겠지만, 사람들과 사이가 나빴던 적은 없어서 잘 지낼 수 있을 것으로 생각합니다."

"아니, 아니. 그 말이 아니라 여기 전부 다 자기만 정상이라 생각하거든. 나머지는 다 비정상이고."

"네?"

"지구상에 성격이 27가지가 있다면, 여기 그 27가지의 성격이 다 있다고. 여기 실장님도 자기만 정상이라고 생각하고 있을걸? 맞지?"

"당연하죠, 이 회사에 정상은 저 하나뿐이에요."

그렇게 '이 회사에서 정상은 과연 누구인가?'라는 주제가 한동안 계속되었다.

넷째, 사장님이 직원들의 4대 보험 가입을 대놓고 아까워했다.

"우리 회사 복지 어떤 게 있는지 궁금하지 않아요? 왜 복지에 관한 질문은 안 하지?"

"아, 긴장을 해서 질문거리가 생각 나지 않았습니다. 어떤 복지가 있는지 알려주시면 감사하겠습니다."

"점심식사가 제공돼요. 놀랐죠? 이전 회사에서도 점심식사 제공했나요?"

"아, 네. 자체적으로 회사 식당을 운영하고 있어서 점심과 저녁식사가 제공되긴 했었습니다."

"4대 보험 가입도 해줘요."

"아, 네."

"뭐지, 이 심드렁함은? 당연하다는 건가?"

"알려주신 근무 조건이나 근무 시간, 연봉 금액이 4대 보험 가입 기준에 해당해서 당연히 가입된다고 생각하고 있었습니다."

"안 줄 수도 있지. 당연하게 어딨어."

다섯째, 사소한 약속을 무시했다.

"오늘이…… 목요일이니까, 다음 주 월요일에 최종 통보 관련해서 합격 여부 상관없이 전화 한 번 드릴게요."

"네, 알겠습니다."

"나는 직원 한 명 한 명 소중하게 생각해요. 입사하게 되면, 이 소중한 직원들이 퇴사하는 일이 없도록 인사팀에서 잘 관리하고 애로사항을 개선하는 데에 노력해 주세요."

"네, 입사하면 사장님께서 말씀해 주신 부분 잘 반영해서 빠른 시일 내에 업무에 적응하겠습니다."

월요일 전화는 없었다. 화요일도 온종일 연락이 오기만을 기다렸다. 긴급한 일이 회사에 생긴 건 아닐까 하며 수요일도 기다렸다. 일주일이 지나도 아무런 연락도 받지 못했다. 이럴 거면 연락하겠다는 말이라도 말든가. 불합격 소식을 통화로 알리는 게 부담되면 문자라도 주든가.

생각해 보니, 그 사장님은 면접 보는 내내 참 무례했다. 지금이야 근로계약서에 '갑' '을'로 표현하기보다 '사용자' '근로자'로 표현하는 회사가 많아졌지만, 그는 나에게 갑으로 행동했다. 자기는 아쉬울 것 하나 없는 갑, 난 아쉬운 게 많은 을이라는 듯. 이런 회사를 나는 합격만 하면 "아이고, 감사합니다" 하며 연봉을 낮춰서라도 가려고 했다니. 한참 지난 후에야 불합격했다는 아쉬움보다 불합격하길 잘했다며 안도했다.

가만히 또 생각해 보니, 면접자에 대한 무례함은 이전 회사 사장님이 더한 듯하다. 사장님들은 원래 다 이런 건가?

전 직장에서 연구소 신입사원을 긴급으로 채용하던 당시의 일이다. 1차 면접은 연구소장님과 인사팀장님만 참석해 진행했고, 면접자 4명 중 1명만 다음 날 오후 5시에 사장님과 최종 면접을 보기로 했다. 갓 대학을 졸업한 여학생이었는데, 접견실에서 대기하는 내내 어찌나 떨던지 손수건으로 여러 차례 손을 닦아내고 있었다. 면접 시간 5분 전 회사에 도착한 사장님은 본사 실적 회의 관련 영업팀과의 긴급회의가 생겨서 30분만 면접 시간을 늦춰달라고 했다.

"저기 죄송한데, 사장님께서 급하게 회의에 들어가셔서요. 30분만 더 기다려 주실 수 있으실까요?"

"아, 네!"

"죄송해요. 물이나 음료 드시겠어요?"

"아닙니다! 괜찮습니다."

약속한 30분이 지나도 회의는 끝나지 않았다. 인사 담당자인 나는 초조했고, 지원자는 긴장 속에서 하염없이 기다렸다.

"정 과장, 면접 시간 30분만 더 미룹시다."

1시간이나 지나서 헐레벌떡 내 자리로 온 사장님은 다시 30분을 미뤘다. 그러니까 면접 시간을 총 1시간 30분이나 미뤘다. 6시, 퇴근하고 있는 직원들 사이 여전히 긴장한 채 우두커니 앉아있는 지원자가 너무 안쓰럽고 너무 미안했다.

"죄송해요. 회의가 길어져서 조금 더 기다려 주셔야 할 거 같은데…… 괜찮으시겠어요?"

"아, 네! 기다리겠습니다."

"진짜 죄송해요. 배고프시죠? 과자 몇 개 가지고 왔는데 드세요. 긴장될 땐 단 게 최고죠. 조금만 기다려 주세요."

손님용 다과 한 아름을 들고 가서 지원자에게 건넸고, 지원자는 그제야 찰나의 웃음을 보여주며 잠시나마 긴장을 놓았다. 1시간 30분이나 기다린 면접은 고작 20분 만에 끝났다. 사장님은 배고프다며 그 지원자를 데리고 연구소장님과 함께 저녁식사를 하러 갔다. 면접을 보기 위해 창원에서 왔다던 지원자를 데리고 밤늦게까지 술과 식사를 했다고 한다. 대중교통이 다 끊겨서 택시 타고 가라며 15만 원을 현금으로 줬다고, 사장님은 대단한 인심 쓴 것처럼 나에게 말했다.

하지만 돈이 다인가? 다른 지역으로 면접 간 딸내미가 늦은 밤까지 오지 않아 기다리고 있을 부모의 마음은 생각지도 않는다. 무엇보다 면접으로 오후 내내 긴장했을 지원자를 전혀 배려하지 않은 사장님의 태도에 화가 치밀어 미칠 것만 같았다. 돈 줬다고 아무렇지 않을 일이 아닌데. 이렇게 보니 A 사장님은 양반이라는 생각이 든다.

면접을 앞둔 누군가는 자기소개와 예상 질문에 대한 답

변을 달달 외우며 열심히 면접을 준비할 것이다. 누군가의 부모님은 단정하게 차려입고 면접장으로 향하는 자식의 긴장과 떨림을 고스란히 함께 느끼며 "잘 다녀와, 떨지 말고"라고 말하며 용기를 불어넣어 줄 것이다.

그렇게 면접에 최선을 다하고 후련한 마음으로 면접장을 나오며 '월급 받으면 뭐 하지?' 하는 설렘으로 괜한 웃음이 나오기도 할 것이다.

정성껏 준비한 면접을 헛되게 만들지 않기를.

더 이상 그 회사의 구인 공고가 보이지 않기를.

새로운 출발을
응원합니다

4월 말일 자로 회사를 그만둔다고 했던 차장님이 나와
의 밥 한 끼 약속을 지키기 위해 연락 주신 건 5월 중순이
었다. 그 약속 다음 날이 새 직장으로의 첫 출근이라고 했
다.

"그럼 기숙사에서 생활하시는 거예요?"

"응, 거기 직원 2명이랑 같이 지내게 될 것 같아."

대구가 아닌 타 지역에서 새로운 출발을 하게 된 차장
님은 마흔 넘어 가족과 떨어져 지낼 결심까지 한다는 게
쉬운 일이 아닐뿐더러 매주 2~3시간 운전해서 주말마다
대구로 오는 것도 보통 힘든 일이 아닐 거라며 걱정하는
나와는 달리, 의외로 쿨했다.

"매일 제품 불량 건으로 선별 출장 가는 것보다 매주

2~3시간 운전해서 집에 오는 게 훨씬 껌이야."

1퍼센트의 아쉬움도 느껴지지 않는 차장님의 대답에, 얼마나 힘들었으면 타 지역으로의 이직을 선택하셨을지 짐작이 갔다.

"왜 그만두신 거예요? 웬만해선 그만두지 않으실 분이. 무슨 일이 있었던 거예요?"

"기나긴 사연을 다 풀려면 몇 시간 들어야 할 텐데 준비됐냐?"

"당연하죠. 궁금해 죽겠어요."

차장님은 내가 퇴사한 해 1월에 품질팀 팀장으로 승진했다. 중소기업에선 승진이 마냥 좋은 일은 아니다. 특히 매년 일정 비율로 연봉이 인상될 뿐, 승진으로 연봉이 오르는 것도 아닌 회사에서는 말이다. 승진은 그저 책임감과 부담감을 늘리는 구실일 뿐이다.

제품 불량으로 고객 업체에 대응 및 선별 작업을 위한 출장은 늘 차장님의 몫이었다. 대량 불량 건으로 타 지역으로 출장 가서 3개월간 얼굴 한번 본 적이 없을 정도다.

"박 차장 또 나들이 갔구먼!"

박 차장님의 출장에 몇몇 직원들은 그저 바람 쐬러 놀러 간다는 식으로 부러워했다. 나였다면 "잘 알지도 못하면서 놀러 갔다고 얘기하지 마세요! 출장 가면 잠도 제대로 못 자고 얼마나 힘든지 아세요?"라며 울분을 토했을 텐데, 사람 좋은 차장님은 그런 말들에 한 번도 화를 내거나 정색한 적이 없었다.

"팀장으로 승진해도 팀원 충원 없이 늘 출장은 내 일이었어. 게다가 장 부장님이 품질 및 생산 총괄이사로 승진하면서 부장님이 맡고 있던 해외 불량 건까지 내가 맡게 되면서 일은 더 늘어났지. 영어도 못 하는데 매번 파파고 돌려서 번역해서 소통하는 것도 한두 번이지. 현장 대응도 내가 하고 출장 후 보고서 작성도 내가 하고……. 살 수가 없겠더라."

"그래도 차장님은 술 한잔이면 다 풀리는 그런 분이셨잖아요. 그래서 솔직히 사직서를 제출했지만 정말 퇴사할 거라고 생각하진 않았어요. 술 한잔과 위로에 또 넘어가실 거로 생각했어요."

"나도 처음엔 그랬지. 인사팀장이랑 사장님이랑 저녁 식사 무지하게 많이 했었어. 사장님도 나에게 품질팀 업무 분장을 새로 해서 일에 대한 부담을 줄여주겠다며 적극적으로 개선시키겠다 약속도 했었고. 그 말에 마음 고쳐먹고 다시 다니기로 결심했었지."

"그런데요?"

사장님은 장 이사님에게 박 차장님의 애로사항에 관해 이야기하며 품질팀 관련 업무를 박 차장님과 나눠 함께 해나가길 지시했다고 한다. 장 이사님은 사장님 앞에서는 그렇게 하겠다고 해놓고, 박 차장님을 불러내 한 말은 아예 달랐다.

"딱 1년만 더 버텨. 더 버티고 나랑 내년에 같이 그만두자. 나도 더 이상 못 해 먹겠다."

"나는 지금 너무 힘들어 죽겠기에 겨우 어렵게 퇴사를 결심했는데, 이 상태로 1년을 더 버티라니……. 그게 해결책이 된다고 생각한 건지 어이없더라. 그리고 1년 뒤엔 뭘 어쩌자는 건지. 정말 장 이사 본인이 그만둘 생각이라면 1년 뒤에 혼자 남은 나는 어떡하라고. 그 순간 모든 것이 다 부질없다는 생각이 들더라. 다 자기 안위만 생각할 뿐, 남의 고통은 그저 자신의 편리함을 위한 수단이 될 뿐인 거지."

"회사 그만두니 섭섭하시지 않아요?"

"전혀. 나는 온 힘을 쥐어짜서 최선을 다했어. 그래서 전혀 미련이 없어. 시원하기만 해."

"저도 처음엔 그랬거든요. 미련도 없었고, 개운하고 통쾌하기만 했어요. 그런데 가끔 그런 생각이 들더라고요. '아, 이 회사가 나를 조금만 덜 몰아붙였다면 내가 회사를 그만두는 선택까진 하지 않았을 텐데…….' 하면서 원망하게 되더라고요."

"난 진절머리 나서 그런 생각조차 안 들어. 그냥 이 회사가 망해버렸으면 좋겠어."

차장님의 말에 피식 웃음이 났다. 작년에 나보다 먼저 퇴사한 김 부장님도, 김 과장도, 내가 퇴사한 후 줄줄이 퇴사했던 이 과장, 박 과장, 서 과장 그리고 당연히 나도 모두가 한결같이 했던 말이다.

분명 회사에서 같이 일할 때는 누구보다 심성 착하고 맡은 일에 게으름 피우지 않던 사람들이었는데, 회사를 그만두는 시점엔 '악'밖에 남지 않은 채 회사에 저주를 퍼부었다. 처음엔 '나만 못돼먹은 게 아니구나' 하며 위안이 되었지만, 나중에는 이렇게 변한 우리의 모습이 서글프고 안타깝게 여겨졌다.

"이직하는 회사랑은 연봉협상 잘하셨어요?"

"연봉협상은 무슨. 내가 기술을 배우러 가는 거라 협상까진 생각도 못 해. 주는 대로 받아야지."

"네? 아니, 그래도……. 가족들이랑 떨어져서 멀리 가시기까지 하는데……."

"그만큼 열심히 배워서 얼른 내 것으로 만들어야지. 그수밖에 없어."

그 순간 "그냥 회사에 연봉이나 올려달라고 하고 계속 다니시지 그러셨어요"라고 말할 뻔했지만, 이어지는 말에 순둥이 차장님이 현재의 일상을 포기하고 가족들과 떨어져 생활하는 것까지 선택할 수밖에 없었던 결정이 이해되었다.

"퇴사하겠다고 사직서를 내고 사장님과 첫 면담을 하는데 말이야. 그때는 이직할 곳을 정해두고 있지 않았거든. 지치기도 했고 힘들어서 좀 쉬자 싶어 사직서를 낸 거였단 말이야."

"아? 진짜요? 저는 이직할 회사 다 미리 정해놓고 사직서 내신 줄 알았어요."

"그런데 사장은 날 이직할 만한 인재로 생각하지 않았던 거지. 마흔 중반의 내 나이에, 영어도 못 해, 뚜렷한 기술도 없어, 그저 그때그때 닥친 일을 쳐내기만 하면서 품질팀에서 20년 근무한 내가 갈만한 회사가 없을 거라고 생각했던 거지. 그래서 한창 자식들 돈 들어갈 나이인데 이직할 회사 구해지면 그때 그만두라며 내가 이직 못 할 거라고 하더라. 그래서 한방 먹이고 싶었어. 이런 나를 원하는 회사도 있다는 것을 보여주고 싶었어."

"늘 그렇게 얘기하잖아요. 하는 일 없다고 우리 무시하고."

"지금 이직하는 곳 사장님은 내가 필요하대. 해보지 않은 분야라 망설이고 걱정하는 내게 그 사장님은 오면 잘할 것 같대. 그래서 꼭 같이 해보자고 부탁하더라."

사장님이 회의 시간에 입버릇처럼 하는 말.

"그 사람 대체 하는 일이 뭡니까? 그런 사람은 없어도 됩니다."

자기 기준에 1인의 몫을 제대로 하는 직원은 단 한 명도 없다. 인재라 생각될 만한 직원도 단 한 명도 없다. 누구든 대타가 가능한 그런 일을 하는 직원들뿐이다.

"그런 사람은 돈 몇 푼 더 주면 됩니다. 마음 쓸 것 없어요."

가끔 사장님은 누가 들을까 겁나는 대범한 말을 내 앞에서 서슴없이 했다. 업무 고충을 털어놓는 직원들을 그저 나약하다며 늘 우리에게 자부심과 자신감을 빼앗아 갔다. 그리고 부족하고 모자란 나를 그나마 이 회사에서 받아주고 이만큼 월급도 챙겨준다는 생각을 가지게끔 회식 때마다 주입하기도 했다.

차장님은 돈보다는 자부심과 자신감을 택했다. 가정이 있는 가장은 쉽사리 퇴사를 결심하지 못할 거라는 사장님의 오만에 보란 듯이 사직서를 던졌다.

"해보고 안 되면 다시 대구 와야지, 뭐."

하지만 나는 안다. 누구보다 열심히 최선을 다하실 거라는 걸. 원래 그런 분이시니까.

"차장님, 나중에 또 시간 되면 차 한잔해요. 내일 첫 출근도 응원할게요."

"그래, 고맙다. 우리 그 회사에서 다 같이 신나게 일하고 신나게 놀았어. 그렇지?"

"맞아요. 새벽 4시까지 술 마시고 누구 하나 지각없이 출근했었잖아요."

"이제 그런 시절이 또 오기나 할까 싶다. 사실 안 와도 상관없어. 그때만으로도 충분해."

멋모르고 입사한 첫 직장에서 참 좋은 사람들을 만났다. 그걸로 만족스러운 회사 생활이었다고 나 스스로 위로했는데, 차장님도 같은 생각을 하고 계셨다. 서로에게 좋은 동료였던 우리는 서로의 안녕을 바라며 헤어졌다. 차장님께 또다시 좋은 동료들과 함께하는 날이 오기를.

와플을 잘 구우려면
일기예보를 확인하세요

분명 5월 5일 어린이날인데, 여름 장마 기간에나 볼 수 있는 장대비가 아침부터 내리고 있다. 올케 말로는 전국적으로 이렇게 많은 비가 내리는 어린이날은 8년 만에 처음이라고 한다. 햇빛 쨍한 날보다 비 오는 날을 더 좋아하긴 하지만, 긴 청바지를 입고 20분 이상 걸어야 하는 출근길의 비는 썩 반갑지 않다. 조심조심 걸어도 운동화와 청바지가 금방 젖어버렸다. 정성껏 헤어롤로 말아서 적당한 볼륨을 만들어 놓았던 앞머리는 습기를 머금고 중구난방으로 뻗쳐졌다. 건물 유리창에 비치는 만신창이가 된 내 꼴은 마음속 파이팅을 순식간에 앗아가 버렸다.

영업 30분 전인 오전 9시 30분에 와플가게에 도착했다. 경비 해제를 누르고 출입키를 단말기에 대자 문이 열렸다.

가게 안 뜨거운 공기가 내 얼굴을 치고 바깥으로 나갔다. 환기를 위해 가게 문을 활짝 열어 두었다. 빗속에서 빠져나와 가게 안으로 들어오고 나서야 비로소 굵은 빗줄기와 일정한 빗소리를 온전히 아름답게 느낄 수 있었다.

아직 주문받는 것에 미숙한 교육생이라 점장님이 오기 전까진 키오스크와 카운터 단말기를 켜지 않기로 했다. 30분 일찍 출근한 건 와플 기계 예열, 생크림과 와플 반죽 만들기, 딸기 손질 등과 같은 영업 전 재료 준비를 혼자 해보기 위해서다.

핸드폰에 적어둔 메모를 하나하나 확인하며 순서에 맞게 영업 준비를 시작했다. 설명 들을 때는 쉽다는 생각에 간략하게 메모해 놨는데, 왜 혼자 하게 되면 간단한 것조차 생각나지 않는 걸까? 늘 느끼는 것이지만 새로운 일에 능숙해진다는 것은 무엇이든 세심한 메모와 노력의 시간이 필요하다.

비 때문에 차가 막혀 조금 늦는다는 점장님의 전화를 받았다. 10시에 오픈하는 거로 알고 있을 고객들을 생각하니 키오스크와 카운터 단말기를 켜지 않을 수 없다. 비 오는 공휴일이라 매장 손님보다 배달 주문이 많을 것 같아 전원 스위치를 켜기 전 배달 주문 처리 방법에 대해 다시 한번 연습하고, 전원 버튼을 힘차게 눌렀다.

하나의 와플을 만들어 손님에게 판매하기까지 신경 써

야 할 것들이 꽤 많다. 일단 새끼손가락 한 마디 정도의 능선 모양으로 깨끗하게 생크림을 와플에 발라야 한다. 오른손바닥 전체로 와플빵이 떨어지지 않도록 힘을 주어 고정한 후, 안쪽부터 바깥쪽으로 서서히 생크림을 밀어내며 바른다. 바깥으로 밀려난 생크림들은 주걱처럼 생긴 스패츌러를 세워 와플 끝 면을 긁고 지나가며 깔끔하게 정리해준다. 생크림이 지저분하게 발린 느낌이 들진 않는지, 양은 적당한지 확인하고 토핑을 얹는다.

이 모든 과정이 단시간에 이루어져야 한다. 예술품 만들듯 심사숙고하며 생크림을 바르면 와플빵이 눅눅해져 폐기해야 하기 때문이다. 완벽한 능선 모양의 생크림을 만들기 위해 정성을 다해 만들었던 몇 개는 눅눅해지는 바람에 판매하지 못하고 쓰레기통으로 직행한 적도 있다.

토핑으로 얹히는 딸기도 개수가 정해져 있다. 내 마음대로 올리는 것이 아니다. 딸기 두께는 너무 굵지도 얇지도 않게 개당 4~5개의 조각이 나와야 하며, 신선하고 깨끗한 부위를 사용해야 한다. 그리고 딸기가 최대한 와플빵 바깥쪽으로 새어 나가지 않도록 같은 방향으로 생크림 위에 잘 얹어야 한다. 완성되면 딸기 조각이 밖으로 삐져나가지 않도록 조심히 와플빵을 반으로 잘 접어 봉투에 담는다.

누텔라나 밀크 크림 등은 많이 바른다고 좋은 게 아니

다. 정해진 양을 초과하면 너무 달다. 와플의 네모난 조각들 사이사이만 채우는 정도가 딱이다. 이것도 네모 조각만 채워야 한다는 고집으로 스패출러를 써서 예술을 하다 보면, 또 와플빵이 눅눅해져 폐기하게 되고 만다.

비가 많이 와서인지 10시 40분이 지나도 주문은 들어오지 않았다. 웬만한 재료 준비가 끝난 터라 연습 삼아 와플빵 몇 개를 구워 생크림 바르는 연습을 했다. 가장 큰 난관은 내 손이 작아 생크림을 바르는 동안 와플빵을 지탱하는 힘이 부족하다는 것이다. 몇 번 연습하다 보니 사촌 동생인 점장님이 헐레벌떡 가게 안으로 뛰어 들어왔다. 이렇게 반가울 줄이야.

"에어컨 안 틀었네?"

"어. 안 더운데?"

"아니, 누나 더운 건 상관없고, 와플빵."

"와플빵이 왜?"

"오늘 비 오고 습하잖아. 그러면 빵도 눅눅하다고. 이것 봐. 눅눅하네."

연습해 보려고 갓 구워둔 몇 개의 와플빵을 만져보고는 눅눅하다며 오자마자 잔소리를 늘어놓았다.

"그리고 3분보다 조금 더 구워야겠는데? 날씨가 습해서 평소 굽는 시간보다 더 구워야 할 것 같아."

평소 와플빵 굽는 시간은 3분인데, 오늘처럼 비가 와서

습한 날씨엔 조금 더 시간을 두고 구워야 한다는 점장님의
진단이다.

"이것 봐. 이제 딱 좋은 와플빵 색깔이 나오잖아, 그렇
지?"

3분마다 울리는 타임기 알람 소리를 무시하고 시간을
더 들이니 누가 봐도 먹음직스러운 갈색빛의 와플빵이 완
성되었다.

"아직 주문 들어온 건 없었지?"

"없었어."

"다행이다. 눅눅하다고 컴플레인 받을 뻔했네."

'꼭 그렇게 마지막 말을 해야 속이 시원했냐! 모를 수도
있지!'

이렇게 얘기하고 싶었지만, 빗소리와 빗줄기를 감상할
줄만 알았지 와플빵에 미칠 영향은 생각지 않은 나의 아마
추어 같은 행동을 인정했다.

"그러네, 다행이네."

예상대로 11시부터 배달 주문이 물밀듯이 밀려왔다. 사
촌 동생 점장님은 많이 만들어봐야 손에 익는다며, 와플을
만들고 포장한 완성품을 배달 기사님께 전달하는 일까지
모두 나 혼자 하도록 내버려 두었다.

"누나, 커피 샷 다 내렸으면 이걸 빼……."

"알아. 안다고!"

안경 렌즈에 튄 와플 반죽을 닦을 겨를도 없이 정해진 배달 시간에 맞춰 주문을 쳐내는 것도 버거운데, 그 와중에 잔소리하기 바쁜 점장님께 결국 내지르고 말았다.

퇴근 시간이 되어 주섬주섬 가방을 챙겼다. 정말 하얗게 불태운 날이다. 점장님은 방금 출근한 매니저에게 오늘 날씨가 눅눅해 와플빵 굽는 시간을 늘려야 한다며 열심히 설명했다. 추우면 카디건을 걸치되, 에어컨은 절대 끄지 말라는 당부도 잊지 않았다. 그래 맞다. 가장 중요한 건 와플빵이다. 빵이 맛있어야 한다는 걸 빵순이인 내가 왜 간과하고 있었지?

기본에 충실해야겠다는 생각이 들었다. 어떻게 하면 깔끔하게 생크림을 바르고 예쁘게 토핑을 얹을지보다도 와플빵이 중요하다. 내가 소비자라도 와플빵에 발린 생크림의 모양보다 와플빵의 굽기와 바삭함이 더 중요할 것이다.

이런 세심함을 짚어내는 건 개인의 능력보다는 일에 대하는 온도 차다. 나는 와플 아르바이트를 잠깐 할 일이라고, 점장이 사촌 동생이라고, 조금 가벼운 자세로 대한 건 아니었을까? 점장님과 나의 온도 차를 발견하는 순간이다.

거절할 수 없는
주문을 받았습니다

"오전엔 한가한 편이라 10시에 출근해도 별문제 없을 걸? 10시까지 와도 돼."

오픈 시간 30분 전에 출근해서 재료 손질을 미리 해두는 게 마음 편할 것이라는 남동생과는 반대로, 사촌 동생 점장님은 집이 먼 나를 배려해 10시까지 출근하라 했다. 아침잠이 많은 편이라 잠시 고민했지만, 아직 모든 것이 낯선 5일 차 아르바이트생 신분에 맞게 숙달될 때까지는 9시 30분까지 출근하기로 했다.

"그럼 키오스크랑 포스기는 10시 오픈 시간에 맞춰서 켜도 되니까 30분 동안은 맘 편히 재료 준비만 해."

20대인 다른 아르바이트생들은 1~2시간 교육만으로도 뚝딱뚝딱 혼자 다 잘하는데, 유난히 긴장하는 내가 이해되지 않는다는 듯 점장님이 다시 업무 순서를 알려주며 말했다.

오롯이 혼자서 처음으로 가게를 오픈하는 목요일 아침이다. 10분 일찍 도착해 유니폼으로 갈아입고 나를 위한 아이스 아메리카노 한 잔을 만들었다. 키오스크와 포스기는 9시 55분에 켜기로 하고 재료 재고를 확인했다.

'생크림이랑 아이스티 2통씩 만들어야 하고……. 썰어둔 딸기가 하나도 없네? 어제저녁에 바빴나……. 이 정도쯤이야 30분 안에 할 수 있는 일거리지.'

여유롭게 냉장고를 열었는데, 없다?! 늘 냉장고 오른쪽 아래쪽에 놓여있던 20리터 분량의 와플 반죽이 보이지 않았다. 반죽통을 다른 곳에 놔둔 건가 싶어 냉장고를 샅샅이 뒤졌는데 여분의 반죽도 보이지 않았다. 당황하면 바보가 된다더니, 반죽통이 들어가 있을 리 없는 냉동고도 한참이나 확인했다. 이리저리 찾아 헤매다 선반 위 깨끗하게 씻겨 반대로 세워져 있는 빈 반죽통을 발견했다.

지금 있는 2리터 정도 되는 반죽의 양으론 오후 1시까지도 버틸 수 없기에 하던 일을 멈추고 당장 반죽 만들 준비부터 했다. 10kg짜리 반죽가루 포대를 들고 와 반죽을 시작하려던 찰나, 매장 쪽에서 사람 소리가 들려왔다. 시간은 오전 9시 38분이었다.

"저, 지금 주문되나요?"

"아…… 저희 10시부터 영업 시작이라 아직……. 죄송해요. 아직 와플 기계 예열도 안 돼서요……."

서로 죄송해하며 대화를 주고받았다. 기계 예열이 되지 않았다는 말에 나가려던 여자 손님이 다시 내 쪽으로 몸을 돌렸다.

"저, 제가 저번에도 10시에 왔는데 그때 문이 열려 있지 않아서 못 사 먹었거든요……."

"아, 그러셨어요? 죄송해요. 점장님께 말씀드려서 꼭 10시엔 영업 시작할 수 있도록 할게요."

누군가가 지각한 어느 날이었나 보다. 먹고 싶은 마음에 일부러 영업시간에 맞춰 가게를 방문했는데, 가게 문이 닫혀있다면 얼마나 아쉬웠을까? 나도 그랬던 경험이 몇 번 있던 터라 충분히 이해되는 마음이었다.

"저, 정말 지금 주문 안 될까요?"

"아…… 네. 저, 지금 준비된 거 하나도 없는데……."

포스기 앞 가까운 거리에선 보이지 않았는데 가게 문 앞으로 멀어지자 여자 손님의 실루엣이 눈에 들어왔다. 원피스 사이로 유난히 볼록하게 나온 배를 보니 임산부임이 확실했다. 몇 초의 순간이었지만 많은 생각이 머릿속에 떠올랐다.

'반죽이 지금 급한데…… 지금 안 해놓으면 일이 밀리는데…… 잠깐, 오픈할 때 포스기 관리자 확인을 어떻게 하더라? 에잇, 모르겠다!

"혹시 좀 기다려 주실 수 있나요? 그럼 얼른 준비해서 와플 만들어 드릴게요."

"아, 진짜요? 얼마나 걸려요?"

"한…… 10분 정도요. 괜찮으세요?"

"네! 괜찮아요!"

손님이 주문할 수 있도록 얼른 키오스크와 포스기 전원을 켰다. 와플 기계의 예열은 3분 정도만 더 시간을 들이면 완료될 것 같다. 반죽은…… 일단 나중에 다시 생각하자.

여자 손님은 가게에 들어올 때부터 누군가와 통화 중이었는데, 대충 대화를 들어보니 출근하는 남편과의 통화였던 듯하다.

"10분만 기다리면 된대. 응, 응. 내가 주문 안 되냐고 계속 물었거든…… 응, 응."

몇 분간 우리 사이에 있었던 대화를 남편에게 전하는 여자 손님의 말투에서 나는 느낄 수 있었다. 영업 시작 전에 주문한 것에 대해서 계속 나에게 미안함을 느끼고 있다는 것을. 그 마음이 전해져 더 맛있고 더 바삭한 최상의 와플을 만들어 주고 싶다는 욕심이 생겼다.

"손님, 주문하신 와플 나왔습니다."

활짝 웃는 얼굴로 와플을 받기 위해 카운터로 다가오는 여자 손님을 보니 괜히 뿌듯했다.

'마음은 바빴지만, 역시 주문받길 잘했어.'

내 몸 조금 편하려고 끝까지 주문을 거절했다면 온종일 마음이 불편했을 것이다.

"감사합니다. 제가 지금 가지고 있는 게 이것뿐이라⋯⋯."

와플을 받아 든 손님이 사탕 2개를 내밀며 말했다.

"아, 저 주시는 거예요?"

"네, 제가 웬만하면 그냥 집으로 돌아가는데⋯⋯, 임신 중이기도 하고 저번에 못 먹어서 더 먹고 싶었거든요. 감사합니다."

"사탕 잘 먹을게요. 감사합니다."

"네, 맛있게 드시고 오늘 좋은 하루 보내세요."

밀크 사탕 2개. 평소엔 잘 먹지 않는 브랜드 사탕이지만 이건 아까워서 손도 못 댈 것 같았다. 하루를 기분 좋게 시작한다는 건 이런 기분일까?

그 뒤로 주문이 쉴 새 없이 밀려와 와플 초보자인 내가 주문과 재료 준비를 동시에 쳐내기엔 버거웠지만, 힘들진 않았다. 역시 사람과 사람, 마음과 마음. 이만한 원동력이 있을까? 뿌듯함과 벅참에 하루 종일 기분 좋은 날이다.

손님보다 직원을 위한
가게 청결

"있잖아, 나 하루만 더 교육받으면 안 될까? 혼자선 아직 도저히 못 하겠어. 겁나."

나이를 먹으면 늘어나는 건 뱃살과 겁인 게 확실하다. 20대 아르바이트생들은 1~2시간 교육이면 혼자서도 가게 오픈을 잘한다는데, 난 교육을 세 번이나 받았는데도 혼자서 가게 안 모든 일을 멀티로 해내야 한다는 게 걱정되고 겁났다. 잘하고 싶은 마음이 커서일까?

"매니저님께 요청해서 내일 하루만 더 오픈 교육해 달라고 할게. 다른 애들은 금방 따라 하던데 누나는 왜 이렇게 더뎌?"

'더딜 수도 있지, 자식아. 어떻게 사람이 다 같냐?' 하는 말을 속으로 꾹 삼켰다.

"……원래 손이 좀 느려."

하고 싶은 변명은 몇이나 되지만, 나보다 열네 살이나 어린 사촌 동생 점장님과 말씨름하는 게 더 비참할 듯해 관뒀다.

오전 영업시간엔 손님이 밀려와 와플을 빠르게 구워내야 하거나 음료를 만들어야 하는 분주함은 사실 없다. 영업 준비와 청소, 생크림 및 반죽 만들기, 소스통 채우기 등의 재료 준비로 근무 시간의 반 이상을 보내고 나면, 퇴근 1시간 전쯤부터 조금씩 손님들이 생겨난다. 와플가게 바로 앞이 횡단보도라 손님들이 한꺼번에 몰려 들어오는 일이 많은데, 그럴 땐 가끔 횡단보도를 없애버리는 상상을 한다.

아침부터 손님이 끊이지 않는 날도 있다. 그래서 오후와 저녁 영업시간에 사용할 반죽을 못 만들 수도 있고, 10가지 종류의 버터크림을 정리하지 못할 수도 있는데, 사실 다 해놓지 않아도 상관은 없다. 다만, 오후 타임 근무자들이 힘들 뿐.

회사 생활을 해봐서 알고 있다. 나의 사소한 안일함이 때로는 누군가에게 고통이 될 수 있다는 것을. 누구에게든 성실하지 않다는 평가를 받고 싶지 않았다. 차라리 내 몸이 고된 게 낫다. 단기 아르바이트생이지만, 이왕 시작한 일이니 내 역할을 제대로 해내고 싶었다.

나를 교육해 줄 스물여섯 살의 매니저는 옆에서 며칠 지켜보니 참 성실하다. 출근길에 눈에 띄는 쓰레기가 가게 주변에 있으면 일일이 다 주워서 들고 온다. 그게 뭐 대단하냐 싶지마는, 내 가게가 아니면 쉽지 않은 일터에 대한 마음 씀씀이다.

"다른 건 웬만큼 알고 계시니 오늘은 버터크림 소분하고 정리하는 법 다시 한번 알려드릴게요."

우리 와플가게엔 생크림과 누텔라 초코잼, 젤라토 아이스크림, 소분되어 작은 통에 담겨 있는 사과잼, 딸기잼, 블루베리잼 등 각종 과일잼 외에 계산대 바로 옆에 비치된 10가지의 버터크림이 있다. 전날 저녁 영업시간이 얼마나 전쟁 같았는지는 남겨진 10가지의 버터크림을 보면 알 수 있다. 현란한 스패출러의 움직임으로 크림들이 뒤죽박죽 엉망진창 되어 있는 날이면 항상 전날 마감 영수증의 매출금액이 높았다.

"밀크, 초코, 모카, 딸기 크림 순으로 잘 나가니까, 이 4가지는 늘 여분으로 한 통씩 더 만들어놔야 해요."

"밀크가 제일 잘 나가요? 의외네요. 저는 초코나 딸기인 줄 알았어요."

"와플에 밀크 크림을 바르면 어린 시절 시장에서 사 먹던 그 와플 맛이 나요. 그래서 저도 밀크 크림을 제일 좋아해요. 나중에 한번 드셔보세요. 그리고 각 종류의 크림 정리가 다 끝나면, 크림통 주변을 깨끗이 닦아줘야 해요."

"아, 손님들에게 청결하게 보이기 위해서요?"

"아니요. 직원들을 위해서요."

당연한 대답이 돌아올 줄 알았는데 의외의 답이 돌아왔다.

"직원들을 위해서요? 왜요?"

"크림통 상태에 따라 직원들이 대하는 태도가 달라요. 깨끗하게 닦아놓으니까 더럽히지 않으려고 직원들도 조심해서 크림을 떠내더라고요."

나에겐 예상을 벗어난 답이었지만, 매니저는 당연하다는 듯 말했다. 깨끗하게 닦인 크림통을 보면 나부터 깨끗하게 쓰게 된다. 나는 이 가게의 청결은 모두 손님들을 위한 것인 줄 알았다. 같은 처지니까 알아주겠거니 하는 동질감에 직원들이 주로 머무는 곳이나 직원들만 보이는 곳에 대한 청결은 덜 신경 써도 된다고 생각했다. 더 솔직하게 얘기하자면, 아예 생각해 보지 않았다.

"원래 처음이 어렵지, 두 번은 쉽잖아요. 다음 시간대의 직원을 위해서 늘 깔끔하게 정리해 두는 게 좋아요."

"지금 매니저님한테 한 수 배운 것 같아요. 감동입니다."

"네? 제가 뭐라고 했는데요?"

"그냥 좋은 말, 잊고 있었던 말, 너무 당연해서 생각해

본 적도 없는 말, 명품 가방보다는 영양제를 잘 챙겨 먹는 게 건강에 더 좋을 것 같다는 말."

"네? 제가 그런 말을 했어요?"

"네, 그런 말을 했어요. 크림통은 아무리 바빠도 잊지 않고 깨끗이 잘 닦아놓을게요!"

우리 매니저는 어쩜 저리도 성실하고 마음이 어른스러울까? 나의 마지막 와플 교육에선, 몸에 밴 듯 자연스럽게 뿜어져 나오는 성실함을 스물여섯의 매니저에게 배웠다.

4장

와플 향
가득한
일상의
행복

스물여섯 점장이 울면서
공황장애를 고백했다

"점장님~ 오랜만이야! 잘 놀다 왔어?"

"네, 너무 잘 놀고 왔어요."

지난주 점장이 5일간의 휴가를 마치고 출근했다. 농담도 한두 마디 하는 걸 보니, 마음이 많이 좋아진 듯하다.

5월 말, 점장인 사촌 동생의 퇴사로 매니저였던 성실한 현주(가명)가 점장으로 승진하면서 매니저 2명을 새로 뽑았다. 인수받은 점장 업무도 익혀야 하고, 매니저 교육도 해야 하는 뒤숭숭한 6월에 현주는 갑자기 휴가를 요청했고 사장인 남동생은 거절할 수 없었다. 왜냐하면 우리가 더 현주를 원하고 있었기 때문이다. 성실한 현주와 오래도록 함께하고 싶어서.

6월 1일 목요일, 비교적 한가한 날 오후 1시에 직원들만 사용하는 뒷문이 열리길래 누군가 했더니 점장이었다.

"어? 점장님! 왜 이렇게 일찍 왔어요? 30분이나 일찍 왔네?"

"안녕하세요."

인사하는 점장의 목소리가 예전과 다르게 가라앉아 있었다.

"버스가 일찍 왔어? 너무 일찍 왔는데?"

"……."

먼저 말을 걸진 않지만, 묻는 말엔 항상 다정하게 답하던 점장이 아무 말이 없었다. 말하기 싫은 그런 날인가 싶어 더 이상 말 걸지 않으려 자리를 피해 젤라토 정리를 했다. 유니폼으로 갈아입은 점장이 약봉지를 뜯으며 매장 쪽으로 나오더니 물과 함께 약을 먹었다.

"어디 아파? 감기야?"

"아니요……. 저…… 할 말 있어서 조금 일찍 왔어요."

직장인 시절 누군가가 나에게 할 말이 있다고 하면, 퇴사한다거나 불만을 제기하는 경우가 대부분이어서 덜컥겁이 났다. 그만둔다고 하면 어떡하지? 지금 애 말고 능숙하게 일할 직원이 하나도 없는데. 몇 초간 별의별 생각이 다 들었지만, 겉으론 티 내지 않았다.

"응? 뭔데? 얘기해 봐."

"저, 사실은……."

점장은 이야기를 꺼내기도 전에 눈시울이 붉어지더니 갑자기 펑펑 울기 시작했다.

"왜 그래? 무슨 일 있어? 천천히 얘기해 봐."

"사실…… 점장님이 뒤에 있어서……."

"뒤에 든든하게 있어 줬는데 없어서 불안하다고? 혼자 할 거 생각하니까 걱정되고 불안해?"

성질 급한 나는 천천히 얘기해 보라고 해놓고 기다려 주지 않고 뒷말을 막 갖다 붙였다.

"죄송해요. 감정 조절이 안 돼서…… 갑자기 눈물이 멈추지 않아요."

"괜찮으니까, 천천히 얘기해 봐."

"사실 점장님이 뒤에만 있었거든요. 계속……."

"응? 뒤에만?"

"네, 아무리 바빠도 뒤에 앉아서 폰만 하고 도와주지 않았어요."

막상 말을 하고 나니 더 서러워졌는지 감정이 북받쳐 더 이상 말을 이어가지 못할 정도로 오열했다. '뒤'는 직원들만 다니는 뒷문 쪽 냉장고와 냉동고, 개인용품 보관함이 있는 좁은 공간이다. 의자가 하나 있어서 손님이 없거나 잠시 쉬고 싶을 때 그곳에서 쉬곤 한다.

"너무 바빠서 도저히 혼자 할 수 없을 것 같아서 도와달라고 뒤로 갔는데 점장님이 아예 안 계셨어요. 그리고 매일 늦게 오셔서, 교대도 늦어지고……. 점장님이 그만두고 나니 그런 것들이 더 막 생각이 나면서 이상하게 감정이 주체가 안 돼요."

사실 아르바이트를 시작하고 사촌 동생이 제시간에 출근하는 걸 본 적이 없긴 했다. 사촌 동생은 가게 주변에 주차 공간이 부족해 길가에 차를 대곤 했는데, 차 빼달라는 연락을 핑계 삼아 나가서는 꽤 오랜 시간 자리를 비우곤 했다. 이따위로 일해놓고 사장 욕은 그렇게 했나?

"그랬구나. 몰랐네. 그럼 사장님한테 얘기해 보지 그랬어. 혼자 끙끙대지 말고."

"얘기를…… 못 하겠더라고요."

"한두 번이면 괜찮지만, 그런 일이 반복된다는 건 엄연한 근무 태만이야. 당연히 얘기해서 개선해야 하는 부분인데, 어휴. 하긴 말이 쉽다. 입이 잘 안 떨어졌을 네 마음도 이해가 된다."

"사실 아까 먹은 약이 공황장애 약이에요. 병원 갔더니, 재발했다고……."

도대체 이 착하고 성실한 아이가 왜 공황장애를 겪어야 하는 건지 갑자기 화가 났다. 게다가 재발이라니.

"누군가에게 얘기를 하고 싶은데, 얘기할 사람이 없어서 사실 좀 일찍 왔어요."

오죽 답답했으면 간단한 인사와 한두 번의 농담을 주고

받은 게 전부인 나에게 이렇게 오열하며 자신의 병을 알리는 건가 싶어 마음이 아팠다.

"그래, 얘기해줘서 고마워. 많이 힘들었겠다. 나도 심각한 건 아니었지만, 의사한테 비슷한 약을 추천받은 적이 있어."

"진짜요?"

울음이 멈추지 않아 꺼이꺼이 하는 와중에도 대꾸는 다 해주는 착한 현주다.

"누구나 겪을 수 있는 병이야. 너한테만 생긴 병도 아니고. 가장 중요한 건 네 탓이 아니라는 거야. 그러니, 자신을 탓하진 마. 나는 내 탓을 했었거든. 난 왜 이렇게 생겨 먹은 걸까 하고……."

"맞아요. 제가 너무 미워요. 이렇게 감정 조절 못 하고 울고 있는 지금도 싫어요."

"앞으론 말을 해야 해. 부당하다고 생각하는 일들에 대해선. 처음엔 힘들겠지만 연습해야 해. 그러지 않으면 그걸 이용하려는 사람들이 계속 네 곁에 붙을 거야."

"네, 연습해 볼게요."

"그래서 어떻게 했으면 좋겠어? 혹시 그만두고 싶은 거야?"

"아니요. 그건 아니고요. 며칠 좀 쉬고 싶어요. 감정 주체가 안 돼서 계속 이렇게 시도 때도 없이 눈물이 나기도 하고…… 가슴이 계속 쿵쾅쿵쾅 뛰어서, 일을 제대로 못 할 것 같아요."

"그럼 사장님께 얘기해서 며칠 쉬고 싶다고 한번 얘기 해 봐. 잘 얘기하면 아마 그렇게 하라고 할 거야."

"네, 이번 주말에 가게 오신다고 하니 얘기해 보려고 요."

"오늘 일할 수 있겠어? 내가 좀 더 하고 갈까?"

"아니에요. 얘기했더니 조금 마음이 편해졌어요. 괜찮 아요. 얘기 들어주셔서 감사해요."

"그래! 우리 1~2년 돈 벌고 말 거 아니잖아? 죽을 때까 지 돈 벌어야 하는데, 지금 지치면 안 된다고!"

"네, 맞아요."

사촌 동생은 어수선한 와중의 휴가 요청이라 당황스러 워했지만, 착실하고 성실한 현주와 오래도록 일하고 싶어 5일간의 휴가를 제공했다. 현주는 엄마와 함께 강원도 삼 척으로 여행을 다녀온다고 했다.

휴가를 다녀온 뒤 조금 밝아진 그녀를 보니 다행이다 싶었다. 고작 스물여섯, 무엇이 그녀의 마음을 병들게 했 을까? 나는 한동안 그녀를 걱정했고, 출근한 그녀가 농담 한마디에 방긋 웃어 보이면 안도하며 퇴근했다.

'착하면 손해다.' 자주 듣던 이 말이 난 정말 싫었다. 착하면 바보로 보는 듯한 사람들의 시선이 싫었고, 착하면 당하는 게 진리인 듯 떠들어대는 사람들이 싫었다. 그런데 뺑뺑 돌려 말했지만, 결국 나도 같은 말을 현주에게 하고 있었다. 착해서 내가 받는 손해는 견딜 수 있는데, 착해서 손해를 보는 주변 사람들의 아픔은 견디기 힘들다.

나에게 취했던 그날

　와플가게 아르바이트가 어느덧 2개월째에 접어들었다. 손님들이 우르르 몰려와도 예전처럼 겁이 나거나 우왕좌왕하진 않지만, 여전히 음료와 와플 중 어느 것부터 만들어야 최상의 컨디션으로 제공될 수 있을지에 대해 잠깐 생각할 시간은 필요하다. 자신감과 자만심, 그 경계의 순간에서 늘 조심해야 한다. 어느새 재료 준비도 수월해지고, 인기 있는 와플은 레시피를 보지 않고도 뚝딱뚝딱 만들어내던 내가 그만 실수를 저지르고 말았다.

　대구의 낮 기온이 30도를 넘나들며 무더위가 계속되는 정오쯤, 재료 준비를 끝마친 나는 가게 앞 횡단보도 신호등이 초록불로 바뀌자 분주히 이동하는 사람들을 멍하니 바라보고 있었다. 대학생 커플이 가게 안으로 들어왔다.

살짝 무료했는데, 때마침 찾아온 손님이 그렇게 반가울 수가 없었다.

커플 손님은 초코 바닐라 젤라토 아이스크림, 딸기 젤라토 와플을 주문했다. 주문표에 '매장'이라고 표시된 걸 보니, 가게에서 먹고 갈 모양이다.

선반에서 작은 볼그릇을, 젤라토 냉동 쇼케이스에서 초코 바닐라 젤라토 컵를 꺼내 들고 젤라토 머신 앞으로 갔다. 바빴던 지난 어느 날, 젤라토 컵 방향을 반대로 젤라토 기계에 꽂아두고 작동 버튼을 눌렀다가 사방으로 젤라토가 튀어 놀랐던 적이 있다. 퍽 소리가 어찌나 컸던지, 매장 안에서 대화하던 손님보다 더 크게 소리치며 머신 앞에 주저앉아 버렸다.

머신기에 젤라토를 올려놓고 작동 버튼을 누르자 위이잉 하는 소리와 함께 묵직한 쇳덩어리가 내려왔다. 찌이잉 하는 소리와 함께 압착된 초코 바닐라 젤라토가 아래에 놓인 볼그릇에 예쁘게 담겼다.

"주문하신 와플과 아이스크림 나왔습니다. 맛있게 드세요."

남자친구로 보이는 학생이 카운터 앞쪽으로 다가와 내가 건네는 쟁반에 담긴 아이스크림을 보고는 잠시 멈칫했다.

'응? 왜 저러지?'

쟁반을 보며 머뭇대는 남학생 뒤로 다른 손님들이 연신 손으로 부채질을 하며 가게 안으로 들어왔다.

"저, 주문 영수증 다시 한번 보여주실 수 있나요?"

남학생의 예상치 못한 질문에 잠시 당황했지만, 전혀 잘못 나간 게 없다는 생각에 당당히 주문 영수증을 보여줬다.

"뭐가 잘못되었나요?"

"이거 초코 바닐라 젤라토 맞나요?"

"아~ 네네. 맞아요."

"그런데 초코가 없는데……."

"바닐라 안에 초코칩이 박혀 있거든요. 그래서 이름이 초코 바닐라 젤라토예요."

"아, 그런가요?"

남학생은 정말 그게 맞냐는 듯 의심을 멈추지 않았지만, 자리에 앉아서 내 얘기를 듣고 있던 초코 바닐라 젤라토 아이스크림의 주인인 여학생은 남자친구를 불렀다.

"맞대잖아, 얼른 와."

'그럴 수 있지, 착각했을 수 있어. 자연스럽게 잘 대처했어. 잘했어!'

당황하지 않고 잘 대응한 나 자신을 칭찬했다. 그사이 다음 손님의 주문 영수증이 영수증 단말기에서 요란한 소리를 내며 올라왔다.

'오호~ 또 초코 바닐라네? 이번엔 초코 바닐라 젤라토 와플이구먼!'

아까와 같은 젤라토를 냉동고에서 꺼내 갓 구운 와플빵 위에 골고루 쌓아 올렸다.

"가끔 와플에 있는 젤라토를 숟가락으로 떠먹는 분도 계시던데, 필요하시면 숟가락 챙겨드릴까요?"

"아, 진짜요? 네, 그럼 저도 숟가락 한 개 주세요."

"여기요. 맛있게 드세요."

"네, 감사합니다."

'훗, 이것이 숙련공의 여유지.'

젤라토 아이스크림을 떠먹으며 만족스러운 듯 가게를 나서는 임산부 손님을 보며 한 뼘 성장한 나의 모습에 취해버렸다.

"잘 먹었습니다."

"네, 감사합니다. 안녕히 가세요."

20분 정도 자리에 앉아 와플과 아이스크림을 먹던 대학생 커플도 가게를 떠나고 다시 혼자가 되었다. 가게 안에 흘러나오는 노래를 흥얼거리며 젤라토 기계 주변을 청소하던 중, 문득 이런 생각이 들었다.

'잠깐만, 바닐라 아이스크림 안에 초코칩이 박힌 건……바닐라향 초코칩이라고 스티커가 붙어있었던 것 같은데? 생각해 보니 전에 초코 바닐라 젤라토는 팔아본 적이 없

네? 냉동고에서도 본 적 없는데?'

에이 설마, 하는 마음으로 젤라토 아이스크림이 든 냉동고를 잘 보이지 않는 안쪽 끝까지 샅샅이 살펴보다가……

"아악! 이게 뭐야!!"

깊은 산골 옹달샘 누가 와서 찾아 먹을까 싶을 정도의 아주 구석진 곳에, 살얼음에 가려져 잘 보이지 않는 그곳에 떡하니 초코와 바닐라가 반반 섞여 들어있는 '초코 바닐라 젤라토'가 눈에 띄었다.

저리도 확연히 다른 것을, 나는 왜 섣부르게 단정지었을까. 이것은 변명할 가치도 없다. 명백한 나의 실수다. 그것도 두 명의 손님에게 모두 말이다. 정말 초코 바닐라가 맞냐고 되묻는 손님의 말에 다시 한번 젤라토 아이스크림 냉동고를 확인했다면, 그래서 다시 만들었다면 내 실수는 '미수'에 그쳤을 것이다. 임산부 손님에게도 제대로 된 '초코 바닐라'를 제공했을 것이다.

그런데 난 왜! 내가 알고 있는 것에 그렇게나 확신했던 걸까? 두 달도 채 되지 않은 신입 주제에!

"점장님, 제가 오늘 큰 실수를 했어요."

"예? 뭔데요?"

"초코 바닐라 젤라토를 바닐라향 초코칩 젤라토로 두

분에게 실수로 드려버렸어요."

"아, 초코 바닐라가 저 구석에 있긴 해서, 잘 안 보여서 모르셨나 봐요."

"혹시 제가 없는 시간대에 그분들이 오시면, 제 실수를 대신 만회해 주실 수 있을까요?"

"네, 그럴게요. 저도 예전에 헷갈려서 잘못 드린 적 있어요. 너무 낙담하지 마세요."

점장에게도, 매니저에게도, 오후 시간대의 다른 아르바이트생들에게도 아주 신신당부하며 그날 내 실수의 희생자였던 손님들의 인상착의를 아주 상세히 설명했다.

나는 그날 이후 해야 할 일들을 끝내면, 한가하다는 걸 남들에게 자랑이라도 하듯 가게 문 앞 자리에 앉아 하염없이 바깥을 보고 있다. 그날의 그 커플이 제발 다시 이곳을 지나가기를……. 그날의 임산부 손님이 제발 다시 이곳을 지나가기를……. 버선발로 뛰어나가 두 손 꼭 잡고 그때는 내가 미안했노라, 그때는 내가 잠시 나 자신에게 취해있었노라 고백하며 정성스럽게 다시 초코 바닐라 젤라토를 만들어 줄 것이다.

그러니 제발! 다시 와플가게로 와주세요! 네?

학생 손님에겐
더 주고 싶거든요

성실한 매니저님이 점장으로 승진한 뒤, 두 명의 매니저를 뽑았다. 두 명 다 20대 초반으로 남자 매니저는 카페 아르바이트 경험이 있고, 여자 매니저는 카페 근무 경험은 없다고 했다.

"며칠 일해 보니 남자 매니저님 싹싹해서 손님들이 좋아할 것 같아요."

점장님은 손님들에게 친절하고 잘 웃는 남자 매니저님을 든든해하고, 새로 들어온 직원 모두 마음에 들어 했다. 매니저들의 교육도 순조롭고, 승진한 점장님도 본인의 업무에 익숙해지며 와플가게가 점점 안정되어 가고 있다는 생각이 들 때쯤, 점장님과 대화를 나누다 남자 매니저님이 가게 전화 받는 것을 두려워하는 것 같다는 말을 듣게 되었다.

"전화 받는 걸 무서워한다고? 왜?"

"모르겠어요. 얼마 전, 컴플레인 전화 한 번 받고 난 뒤로 전화 받는 게 무섭다며 아르바이트생한테 대신 가게 전화를 받으라고 했대요."

"아, 그래도 매니저인데. 그런 전화를 계속 아르바이트생이 받는 건 좀……."

"그러니까요. 계속 그러면 얘기해 봐야겠어요."

사교적인 성격의 남자 매니저가 전화 받는 걸 무서워한다니 조금 의아했다. 물론 나도 고객 전화를 받는 건 쉽지 않다. 귀찮다거나 번거롭게 느껴진다거나 아니면 결정을 내리지 못한 건에 대한 독촉 전화는 받기 싫다. 그렇지만 전화 받는 게 무섭다고 느낀 적은 한 번도 없었다.

며칠 뒤 나는 전화 한 통으로 남자 매니저의 마음을 조금 이해할 수 있게 되었다.

재료 준비도 어느 정도 끝낸 느긋한 오전 11시, 갑자기 전화벨이 울렸다. 가게로 걸려 오는 전화 대부분은 설문조사, 대출 권유, "사장님 계세요?"라는 물음에 "안 계신데요"라고 말하면 그냥 뚝 끊어버리는 전화, 그런 게 아니면 포장 주문 전화다.

"네, 와플가게입니다."

"저기요. 어제 제 아들이 거기서 와플을 샀었거든요?"

싸하다. 말투가 너무 공격적이다.

"아, 네. 무슨 문제라도 있으셨어요?"

"평소보다 크림이 너무 적게 발렸던데, 참으려다가 전화한 거예요."

"아, 그러셨어요. 죄송합니다. 실례지만, 아드님이 주문하신 메뉴가 어떤 메뉴인가요?"

"밀크 크림에 초코칩 추가한 와플이요. 제가 웬만해선 전화까진 안 하려고 했는데, 크림이 적다 적다 이렇게 적을 수가 없어서요. 예전엔 크림을 잔뜩 올려주셨던 것 같은데, 이번엔 왜 이렇게 양이 적은지 묻고 싶어서요."

"아, 네. 예전에 드신 생크림과 밀크 크림은 레시피가 조금 다르긴 해요. 생크림은 와플 한 면에 3~4센티미터 정도 드리고요. 밀크 크림은 와플 네모 칸을 채울 정도로만 발라서 드리는 게 저희 가게 레시피라서요. 크림의 양 차이가 조금 날 순 있는데, 양이 적다고 느끼신 부분은 죄송합니다. 어느 시간대에 아드님이 사 가신 건지 알려주시면, 그 시간대 직원에게 다시 한번 교육하도록 하겠습니다."

나쁘지 않은 대처라 생각했다.

"제 말이 그게 아니잖아요."

"네?"

"밀크 크림이고 생크림이고 양 차이 나는 건 모르겠고,

평소보다 크림 양이 많이 적었다고요!"

"아, 네……. 그렇게 느끼셨다면 죄송합니다. 직원에게 다시 한번 주의를 주……."

"애라고 무시한 거예요?"

"네? 아니요. 그런 건 아니에요."

"맞죠? 학생이라고 무시한 거죠? 애들은 주는 대로 불평불만 없이 받아 가니까. 컴플레인 전화 이런 거 할 줄 모른다고 생각하신 거죠?"

싸우려고 덤비는 이 엄마에게 나의 이성적인 태도는 오히려 반발만 더 심하게 만들 것 같았다. 나도 똑같이 냅다 내지르고 싶지만, 꾹꾹 참아가며 대답했다.

"학생이라고 무시한 건 아닐 겁니다. 특히 학교나 학원 수업 마치는 시간에는 몰려오는 손님들이 많아서, 손님 가려가며 골라서 행동할 만큼의 여유는 없습니다. 그러니 그렇게 생각하지는 말아 주세요."

"학생이라고 무시했잖아!"

갑자기 지르는 고함에 "너만 소리칠 줄 알아? 아니라잖아! 닥쳐!"라고 대응하고 싶었지만, 그러면 안 된다는 걸 너무 잘 알고 있다.

"다시 한번 말씀드리지만, 무시한 건 아닐 겁니다. 하지만 기분 나쁘셨다면 직원들에게 다시 한번 레시피에 대해 교육시키도록 하겠습니다. 지금 주문이 들어와서 죄송하지만 더 이상 통화는 어려울 것 같습니다."

"내가 너네 와플가게 다시 가나 봐라."

으름장을 놓으며 그 학생 엄마는 전화를 끊었다. 내려
놓는 수화기 소리마저 날카롭게 들렸다.

"예, 오지 마세요, 제발. 바라던 바입니다. 오시면 그땐
나도 내가 어떻게 대응할지 장담 못 합니다. 그리고 아줌
마! 애들이 와서 주문하면 귀엽고 예뻐서 더 주고 싶거든
요? 학생이라 무시했다는 생각을 가진 아줌마가 평소에
학생이라고 많이 무시하고 다녔나 봐요! 뭐 눈엔 뭐만 보
인다고, 다 같은 줄 아세요? 네!?"

차마 내지르지 못한 말이다.

그저 화풀이 대상이 필요했던 건 아닐까? 그게 왜 나여
야 하지? 이 아줌마는 미친 건가? 별의별 생각이 다 들었
다. 이해하려고 노력도 잠시 해봤지만, 도저히 이해되지
않았다. 바비큐 서빙, 편의점 알바, 순두부가게 알바, 인사
팀 경력 14년 등 업무 자체가 컴플레인 처리나 마찬가지인
나도 이 전화를 끊고 한동안 진정되지 않아 가슴이 두근두
근 뛰었다.

경험 많은 나도 이 정도인데, 스물두 살 매니저는 오죽
했을까?

"어떤 아줌마가 전화 와서 밀크 크림을 적게 발라줬다
고 난리를 쳤어요. 설명하긴 했는데, 별로 듣고 싶지 않아

하는 것 같았어요. 분풀이하는 것 같은 느낌?"

출근한 점장님에게 오늘 있었던 일을 재잘재잘 얘기했다.

"어머, 진짜요? 고생하셨네요."

"고생은 아닌데, 전화 받는 게 무섭다던 남자 매니저님이 조금 이해되더라고요."

"저도 잔뜩 화난 손님 전화 받고 나면 왠지 기운 빠지고 울적하긴 해요."

"컴플레인 전화 많이 와요? 다 저렇게 화내?"

"일주일에 한두 번 정도는 와요. 이미 화가 나서서 전화하시는 분들이 대부분이에요."

"아이고, 다들 감정적으로 많이 힘들겠네."

"어쩌겠어요. 듣고 있어야죠."

상냥하고 다정한 컴플레인은 이 지구상에 없는 걸까?

사소하고 익숙한 것들이 주는 인사

토요일 밤 11시, 전 남친의 "자니?"보다 더 무서운 메시지. 동생의 "뭐해?"라는 카톡은 나를 시험에 들게 한다. 쉽을까?

남동생이 내게 먼저 연락할 때는 딱 두 가지다. 애들을 봐달라거나, 직원 누군가의 공백으로 와플가게 추가 근무를 요청할 때다. 주말부부인 동생네가 도움을 요청할 수밖에 없는 상황임은 백번 이해하지만, 정말 가끔은 모른 척하고 싶다. 더군다나 지난주 토요일은 첫째 조카가 바이러스성 폐렴으로 5일 동안 입원하게 되어, 9개월 된 둘째 조카를 오롯이 혼자 돌보느라 이미 녹초가 된 상태였다. 막 집에 돌아와 목욕재계 후 이제야 좀 느긋하게 쉬나 했더니 또 이렇게 카톡이 왔다.

"집에 온 지 반나절도 안 지났는데 얜 또 왜 이래!"

카톡을 읽지도 않았는데 짜증부터 났다. 6월에 입사한 매니저가 갑자기 그만뒀다며, 다음 주 일주일 내내 오픈 시간대 근무가 가능한지 묻는 카톡이었다. 월화는 병원 예약을 해뒀으니 불가, 수요일만 추가 근무가 가능이라고 답했다.

　- 그럼 그다음 주는? 평일 내내 오픈 근무 가능?

이런 놈이다. 하나를 내주면 하나를 더 요구하는.

　- 그다음 주도 월화는 안 돼, 약속 있어.
　- 그럼 그다음 주도 수요일 추가 근무 부탁.

이렇게 대화를 끝내면 되는데 난 또 일을 만든다. 매니저 한 명이 빠진 자리를 혼자 대타로 근무하고 있을 성실한 점장이 눈에 밟혔기 때문이다. 병원 앱에 들어가 예약 일자 변경이 가능한지 살펴보았다. 다행히 화요일 12시 20분 딱 한자리 예약이 가능해서 얼른 취소하고 화요일로 진료 예약일을 변경했다.

　- 월요일 예약한 내과 병원 진료 화요일로 바꿨어. 화요

일은 오후에 치과도 가야 해서 아예 안 되고, 담주는 월,
수요일 추가 가능.

- 고마워.

결혼하고 철이 든 건지 삼십 평생 하지 않던 고맙다는
말을 자주 하는 동생이다.

"택배 왔지?"

"안 왔는데?"

"이상하다. 새벽 5시 30분에 배송 완료라고 문자 왔는
데."

"1층에 가 있는 거 아냐? 엄마가 가볼게."

아침에 방울토마토를 먹으려고 잠들기 전 주문한 방울
토마토의 행방이 묘연했다.

"1층에 와 있더라. 할머닌 벌써 일 갔나 보네. 대문이 꽉
잠겨있어."

"이렇게 일찍? 출근이 몇 시인데?"

"7시일걸?"

외할머니는 공공근로를 하고 계신다. 엄마와 이모들이
힘드니 하지 마시라고 몇 번 얘기했었지만, 이거라도 안
하면 하루가 너무 무료하고 길다며 오히려 즐겁다고 하셨
다. '돈 버는 것'에 성취감과 보람을 느끼고 있으니 더 이
상 말리지 말라고 으름장을 놓으셨다.

돈을 벌 때는 몰랐는데, 돈 벌지 않고 1년을 지내보니 외할머니의 말이 무슨 뜻인지 와닿는다. 오늘 와플가게에서 먹을 방울토마토 20개를 깨끗이 씻어 봉투에 담고, "간대이!" 하며 동네 떠나갈 듯 큰 소리로 인사하고 대문을 나섰다.

비가 오다 말다 하더니 나오자마자 보슬비가 내렸다. 가방에서 우산을 꺼내 들고 5분 정도 걸어가다 보니 연두색 조끼 입은 할머니 두 분이 비를 피해 상가 건물 지붕 아래 나란히 앉아계셨다. 서글서글한 눈매에 동글동글 얼굴의 저 할머니는, 우리 외할머니다!

"할머니~."

"어?"

이른 시간에 네가 웬일이냐는 듯 의아한 표정으로 나를 빤히 보셨다.

"와플가게 가요. 일하러요."

"아~ 오늘 가는 날이야?"

"네."

대타로 근무 나간다는 건 외할머니에겐 불필요한 정보들이라 생각해 그냥 출근 날이라 말했다.

"할머니 비 와서 잠시 쉬고 계신 거예요?"

"어, 그래."

"저 이제 가볼게요."

"그래, 그래."

외할머니 옆에서 나를 보며 덩달아 웃고 계신 동료 할머니에게도 인사한 뒤, 가던 길을 다시 갔다. 서너 걸음 걸어가는데, 갑자기 뒤에서 우렁찬 목소리가 들려왔다.

"잘 갔다 와!"

상가건물 맞은편 아파트의 주민들에게 들리고도 남았을 우렁찬 외할머니의 목소리에 고요했던 골목에 잠시 활기가 스쳐 지나갔다. 기분이 이상했다. 뒤돌아 외할머니를 쳐다보며 대답하고 싶었지만, 왠지 모를 울컥함에 울대가 묵직해진 나는 감정을 들킬까 봐 앞으로 걸어 나가며 "네!" 하고 대답했다.

어느 부분에서 울컥한 건지, 도대체 "잘 갔다 와!"라는 말이 왜 슬프지만 따뜻하게 들린 것인지 나도 이해할 수 없었다. 그러다 멀어져 가는 내 뒷모습을 빤히 보고 있었을 외할머니를 생각하니 눈물이 터졌다. 엄마가 사연 있는 여자처럼 보이니 길에서 질질 짜고 다니지 말라고 했는데……

또 거짓말과 모르쇠로
일관하는 후임자

　- 과장님, 잘 지내고 계시죠? 연차수당 물어볼 거 있어
서 연락드렸어요. 물어볼까 말까 고민했는데, 너무 답답해
서요.

　한동안 연락이 뜸했던 구매팀 이 대리로부터 카톡이 왔
다. 이 대리는 질문이 있거나 하소연하고 싶지만 마땅히
할 때가 없을 때 가끔 연락해 오곤 하는데, 이번 카톡은 질
문과 하소연이 섞인 듯했다.

　- 너도 잘 지내고 있어? 물어볼 게 뭔데?
　- 1년 미만 신규입사자는 15개 연차 외에 한 달에 1개씩
해서 1년에 총 11개의 연차가 추가로 더 발생하잖아요.

- 그렇지? 우리 회사는 연차를 회계연도로 관리하고 있어서 내가 21년도 미사용분에 대해선 22년 1월 급여에 '미사용 연차수당'이라고 항목 넣어서 연차수당 지급했는데.

참나, 그만둔 지가 언젠데 아직 '우리 회사'라고 표현하는지. 나도 참 모지리 중의 상모지리다.

- 맞아요. 예전에 과장님이 저한테 설명해 주셨어요. 제가 입사 월이 6월이라 회계연도로 잘라서 일부만 지급했으니, 11개의 연차 중 사용하지 않은 나머지 연차는 그다음 해에 수당으로 지급될 거라고 하신 것도 제가 기억하거든요.
- 그렇지? 우린 미사용 연차는 무조건 수당으로 지급하고 있으니까.
- 그런데 이번에 연차수당이 적게 들어왔길래 정 대리한테 물어봤더니 11개짜리 연차는 안 쓰면 소멸되는 거래요.
- 소멸? 우리 회사에 소멸되는 연차는 없는데? 연차촉진제도 시행하는 사업장이 아니라서.
- 아니래요. 15개짜리 연차는 수당으로 지급하는데, 1년 미만 신규입사자한테 지급되는 11개짜리 연차는 사용하지 않으면 소멸된다고, 그렇게 인수인계받았대요.

갑자기 혈압이 오르기 시작했다. 이 빌어먹을 후임자가 또 내 이름을 팔아 거짓말을 하고 있었다.

- 이 대리, 나는 인수인계 하면서 '소멸'이라는 단어 자체를 쓴 적이 없어. 사용하지 않은 연차는 15개짜리든 11개짜리든 무조건 수당으로 지급하는 게 맞아. 그러니 다시 정 대리한테 물어봐. 계속 소멸된다고 말하면 분명 정 과장은 수당으로 다 지급된다고 했었다고, 다시 한번 인수인계서 확인해달라고 해. 아니면 우리 급여 계산해 주는 아웃소싱 업체 있거든? 거기에 그동안 어떻게 했는지 한번 물어봐달라고 해봐.

- 네, 다시 한번 확인해 달라고 얘기해 볼게요. 그런데요 과장님…….

- 응? 왜?

- 왜 제가 이런 거 하나하나 신경 써야 하는지 모르겠어요. 아까 근로기준법도 찾아봤어요. 예전엔 과장님이 다 알아서 해주셨는데……. 그리워요, 과장님!

- 네 일도 많을 텐데……. 그런 거 신경 안 쓰게 해주면 좋으련만, 어쩌겠니. 지금은 목마른 자가 우물을 파는 수밖에.

급여계산 업무를 하면서 가장 헷갈리고 복잡하다 생각

했던 부분이 연차수당 산정이다. 이전 회사엔 연차를 알아서 계산해 주는 그 어떤 프로그램도 없었다. 오직 엑셀, 이면지, 연필과 볼펜이 있을 뿐. 늘 이면지에다 각 연도를 적어 놓고 그 사이사이 포물선을 그리며 발생한 연차를 계산해 보곤 했는데, 그러고도 미심쩍어 아웃소싱 업체 담당자에게 다시 한번 확인을 받기도 했다.

10년 넘게 해온 일이라도 늘 확인의 확인을 거치던 나와 달리, 이 후임자는 그야말로 대범하다. 알아보지도 않고 뚝딱뚝딱 대답하고 일을 처리해 버리곤 가끔 내 이름을 팔아 모면한다.

다음 날 이 대리에게서 카톡이 왔다.

- 과장님…… 소멸되는 거 맞대요. 그리고 급여계산 해주는 아웃소싱 업체엔 연차 그런 거 물어보면 안 된대요. 연차 개수 관리하는 건 자기만 할 수 있는 일이래요. 이렇게 메일 답변 왔어요.

[제 인수인계자인 정 과장님에게도 여러 차례 문의하여 답변받고, 저랑 인수인계하는 도중에도 이 대리님이 정 과장에게 문의하여 답변을 받은 것으로 알고 있습니다. 문의사항에 근로기준법이 우선함이 문제가 아니라 회사가 회계연도로 연차 정산을 하고 있음을 우선적으로 인지하여야 할 것 같습니다.]

'참 한결같이 돼먹지 않은 후임자 녀석아! 네가 언제 나한테 물었니? 그것도 여러 차례? 그리고 너! 근로기준법을 제대로 알기나 해? 관련 법규 찾아보는 정성이라도 들인 거니? 내 이름 좀 그만 팔아!'

당장이라도 전화해서 쏘아붙이고 싶었다. 물은 적도 없으면서 여러 차례 물었다고 하고, 인수인계 도중 이 대리가 나한테 연차수당 관련해서 문의한 적도 없는데 뻔뻔하게 거짓말을 늘어놓았다. 길 가다 마주치면 다른 건 다 필요 없고 이것 하나 물어보고 싶다.

"너 뻔히 들킬 거짓말을 어쩜 그리 얼굴 표정 하나 안 바꾸고 하는 거니? 비결이 뭐야?"

- 그런데 여기서 제일 어이없는 게 뭔지 아세요? 저는 정 대리에게만 보낸 메일인데, 정 대리는 회신할 때 팀장님을 참조로 넣었더라고요. 팀장님이 메일 내용 보시곤, 충분히 설명 들은 것 같은데 왜 자꾸 정 대리 귀찮게 하냐고 한 소리 하셨어요.

여우다. 상여우. 이런 여우는 보다 보다 처음 봤다. 갑자기 팀장님을 참조로 넣었다는 건 '더 이상 이 건으로 귀찮게 묻지 말라'는 뜻이다.

울화가 치밀었다. 하지만 퇴사자인 내가 할 수 있는 건 아무것도 없었다. 내가 언제 그랬냐고 전화해서 따져 물을 수도 없다. 틀린 업무 처리니 다시 확인하라고 옥박지르라며 이 대리를 다그칠 수도 없다. 나는 이미 그 회사와 아무 상관 없기 때문이다.

현실을 직시하니 휘몰아치던 감정이 사그라들며, 더 이상 해줄 수 있는 게 없다는 것을 깨달았다.

- 걔도 참 대단하다. 연차 소멸된다는 말을 한 적도 없는데. 왜 그렇게 우기는지…….
- 더 이상 말하고 싶지 않아서 관뒀어요. 퇴사할 때 주겠죠, 뭐.
- 네가 언제 퇴사할 줄 알고. 지금도 안 주는 미사용 연차수당을 그때 돼서 챙겨주겠어?
- 저 그럼 영영 못 받는 건가요? 이 회사 진짜 이상해요. 이상한 사람 천지예요. 얼른 탈출해야겠어요.
- 그래, 그 방법밖엔 없겠다!
- 과장님, 고마워요. 그래도 과장님이라도 들어줘서 마음은 좀 풀렸어요.
- 그것밖에 못 해줘서 조금 미안하네. 오늘은 칼퇴해.
- 네, 과장님. 다음에 또 연락드릴게요.

이 대리와 카톡을 끝내고 더 확실해졌다. 나는 퇴사했

고, 그 회사와 아무런 상관없는 사람이다. 더 이상 나에겐 해내야 하는 임무도 해낼 수 있는 권한도 없다. 울화가 치밀어도, 답답해도, 잘못된 업무 처리임을 알아도 그건 나와 아무런 상관없는 회사 내부 사정이다. 잘못된 업무 처리로 회사가 망하든 말든 그런 건 아무 상관 없다.

받아야 할 것을 못 받고, 누려야 할 것을 못 누릴 나의 동료들이 신경 쓰일 뿐이다. 오늘따라 권한 없는 퇴사자의 현실이 쓰게 느껴진다.

젤라토 와플에겐
시간이 필요해요

"요즘 제일 잘 나가는 와플이 뭐예요?"

한참 메뉴판을 보던 남자 손님이 아무리 봐도 뭐가 뭔지 모르겠다며 나에게 물었다. '요즘'이라는 단어에 힘이 실린 이 질문의 의도는 무더운 이 여름에 먹기 딱 좋은 와플을 추천해달라는 것일 테지. 그렇다면, 이 메뉴지!

"아이스크림 들어간 와플도 있다던데, 그거 맛있어요?"

'맞아요! 제가 추천하려던 메뉴가 바로 그 젤라토 와플이었어요!'

6월 말부터 우리 가게의 인기 메뉴는 아이스크림의 시원함과 와플의 바삭함을 동시에 느낄 수 있는 젤라토 와플이다.

"네, 젤라토 와플 요즘 잘 나가요. 키오스크 상단에 '아이스크림 와플'에 보시면 맛과 토핑 선택하실 수 있어요."

"아? 그래요? 그럼 그걸로 포장해서 가야겠네요."

"아, 손님. 아무래도 아이스크림이다 보니 가다 보면 좀 녹거든요. 멀리 가시는 건 아니죠?"

"녹아요? 차로 한 30분 가야 하는데…… 그럼 일반 생크림 와플 중에 제일 잘 나가는 건 뭐예요?"

'아, 보냉팩 포장이라도 30분은 무리일 텐데…….'

더 이상 젤라토 와플을 권하지 않고 바로 다른 와플을 추천했다.

"생크림 들어가는 애플 시나몬 와플이랑 누텔라 오레오 와플이 꾸준히 제일 잘나가요."

여름에 딱이지만 자신 있게 젤라토 와플을 추천하지 못하는 이유는 금방 녹아 흘러내리기 때문이다.

초등학교와 중고등학교, 대학교가 방학에 들어간 7월, 유독 배달 주문이 많아졌다. 점장님은 방학 기간이 매출 대박 기간이라 엄청 바쁠 거라고 했다. 그냥 겁을 주는 거로 생각했는데, 사실이었다. 잠시 숨 돌림 틈이라도 있다면 약간의 성취감을 곁들이며 열심히 와플을 구워댔을 텐데, 손님은 5~6팀씩 휘몰아서 왔다. 포스기에서 딩동딩동 울려대는 배달 주문접수 소리와 밀려오는 매장 손님들의 주문에 잠시 이성의 끈을 놓을 뻔했던 순간도 있었다. 그럴 땐 그저 '집에 가고 싶다'라는 생각뿐이다.

녹는다는 걸 알지만, 확실히 여름은 여름인지 배달 주문 80퍼센트 정도는 젤라토 와플이다. 추가 비용을 내야 제공되었던 보냉팩과 아이스팩을 배달 주문에 한정하여 무료로 제공하기로 했다. 여름 매출 효자템이 될 젤라토 와플의 주문량을 더 늘리기 위한 사장님의 결정이다. 보냉팩 포장이 젤라토가 녹아내리는 시간을 지연시켜 주는 데 탁월하긴 하지만, 우리 직원들 사이에선 보냉팩보다 더 중요한 것이 하나 있다. 젤라토 와플에게 냉동고에서 20분 동안 얼려질 시간을 주는 것이다.

"주문이 들어오면 어떤 메뉴들이 있는지 확인한 뒤, 젤라토 메뉴가 있다면 가장 먼저 젤라토 와플을 만들어야 해요. 왜냐하면 젤라토 와플을 냉동고에 20분 정도 넣어두는 작업이 필요하거든요."

업무 교육을 받을 때 성실한 점장님이 가장 중요하다면서 강조했던 부분이다.

"젤라토 와플을 왜 냉동고에 20분이나 넣어두는 거예요?"

"젤라토는 찰기가 있어서 일반 아이스크림보다 녹는 속도가 조금 느리긴 하지만, 그래도 기계에서 뽑아낸 뒤 상온에 두면 바로 녹기 시작하긴 하거든요. 그래서 냉동고에서 한 번 더 얼리고 보냉팩에 넣으면 녹는 속도가 확실히 더뎌지기 때문이에요.”

“와플빵은요? 괜찮아요? 눅눅해지지 않아요?”

“네! 괜찮아요. 그럼 하나씩 만들어서 먹어볼까요?”

녹차 젤라토에 초코칩 토핑을 올린 와플을 만들었다. 초코칩 토핑을 올리기 위해 상온에 나와 있는 짧은 시간에 벌써 스멀스멀 녹을 준비를 하고 있었다. 빠르게 토핑을 올린 후, 냉동고에 집어넣고 타이머를 20분에 맞췄다. 확실히 냉동고에 얼린 젤라토가 전반적으로 더 단단해진 느낌이다.

“오~ 아까는 초코칩 토핑 얹는 그 찰나에도 녹아버리더니 지금은 꽤 상온에 놔둬도 괜찮네요?”

“그렇죠? 그래서 젤라토 메뉴의 경우 20~30분 안에 배달 보낼 수 있어도, 40~50분으로 배달 도착시간을 정하는 것도 이 ‘얼리는 시간’이 필요해서예요.”

사실 전에 와플을 배달 주문해서 먹을 때, 이른 오전인데도 배달 도착까지 50~60분 걸린다는 게 이해되지 않았다. 바쁘지 않은 시간일 텐데 가게 사정으로 내 주문을 미루고 있는 건 아닌가 하며 음식이 도착할 때까지 꾸역꾸역 시간을 보낼 뿐이었다.

가게 영업 시작을 위한 청소를 막 끝낸 여유로운 오전, 딩동딩동 울려대는 배달 주문 알림 소리에 포스기로 가서 주문 메뉴를 확인했다.

젤라토 와플 3개, 애플 시나몬 와플 1개, 아이스 아메리카노 2개. 배달 도착시간을 50분으로 설정한 뒤 접수 버튼을 눌렀다. 배달 접수를 받는 입장이 되어보니 그들만의 사정이 이해되었다. 지금 이 순간, 때를 기다리고 있는 건 나뿐만이 아닐지도 모른다는 생각이 들었다.

그 인재들에겐
구세주일지도

　회사에서 친하게 지내던, 나보다 두 달 먼저 퇴사한 구매팀 김 부장님은 현재 이렇게 불린다고 한다.

　'잘 키운 인재 죄다 빼 간 얌생이.'

　내가 퇴사한 해에만 총 6명의 퇴사자가 발생한 이전 회사는 도대체 무슨 문제가 있길래 인재들이 빠져나가는지 확인해서 개선할 생각은 하지도 않고, 그저 남 탓만 하는 게 지긋지긋할 정도로 여전하다. 결론만 놓고 보자면 3~5년 공들여 키운 신입사원들이 이제야 일 좀 하나 싶은데, 홀랑 자기네 회사로 이직시켜 버린 망할 놈의 김 부장이라 욕할 순 있을 것이다. 생산팀장 대신 생산팀을 꾸려나가던 이 과장, 회사 유일 영어 능통자였던 서 과장이 그 회사로 이직하기도 했다.

"이 과장이랑 서 과장이 일이 많아 힘들다고 아무리 얘기해도 아랑곳하지 않고 오히려 팀장 회의에 참석시키더니……. 당연한 퇴사 아니에요? 누구 탓을 해? 참나, 어이가 없어서……."

김 부장님과 몇 번의 통화로 내막을 알고 있는 나로서는 여간 억울한 일이 아닐 수 없다.

"괜찮아. 나는 그런 말들 신경 안 써. 상관없어."

김 부장님은 어쩜 저리 매번 상관없으실까? 부처가 따로 없다. 이렇게 모든 걸 감내하는 박 차장님과 김 부장님을 보고 있자면 나만 모난 인간인가 싶다. 나 같으면 잘못된 소문에 당하고만 있는 게 억울해 당장이라도 오해를 풀고자 할 텐데 말이다.

이전 회사와 같은 공단 안에 있는 김 부장님의 새 회사는 하필 또 이전 회사와 도보 5분 거리에 있어, 출퇴근할 때 누구든 마주칠 수 있다. 마음먹고 얘기하려면 할 수 있는데 왜 참고만 있는 걸까?

"아니요, 부장님. 그런 오해받는 거 억울하지 않으세요? 단지 구인 중이니, 지원하려면 해보라고 귀띔만 해주신 거잖아요!"

"이젠 나와 상관없는 회사니까. 굳이?"

퇴사한 뒤 김 부장님으로부터 카톡이 왔다.

- 우리 회사 생산팀 경력직 구하는데 이 과장한테 이력서 내보라고 해볼까?

- 이 과장이랑 퇴사 후에도 계속 연락하고 계셨어요? 아직도 힘들대요?

- 아니, 퇴사하고 연락한 적 없긴 한데, 계속 버거워했던 모습이 생각나서.

- 하긴, 생산팀장님이 노무 전담하고 나서부터는 생산팀 업무에 전혀 관여를 안 하시고 계시긴 했죠.

- 어딜 가나 힘든 건 똑같지만, 채용 소식 전해주면 도움 될까 싶어서.

- 혹시 부장님이 스카우트해 갔다고 이상하게 소문나면 어떡해요?

- 상관없어.

쿨내 풍기며 상관없다던 김 부장님은 바로 이 과장에게 연락해 본인이 이직한 회사의 생산팀에서 경력직을 구하고 있으니 생각 있으면 지원해 보라 했다고 한다. 안 그래도 요즘 부쩍 사장님의 닦달이 더 심해져, 거지 같은 회사 때려치우고 싶다는 생각을 하고 있었는데 알려줘서 고맙다는 인사를 받았다고 한다.

"거기가 지옥인 줄 알았는데, 여기도 별반 다를 건 없어. 그건 알고 있지?"

"어디라도 여기보단 낫겠죠. 여긴 지옥 끝판왕이에요."

노무팀장 겸직을 맡으면서 생산팀 일에는 아예 손을 떼버린 팀장 밑에서 나이 지긋한 현장 관리자들에게 비위 맞추며, 하루 열 통 이상 전화로 생산 계획과 납기일 확인만 해대는 사장이 있는 이곳보다는 어디든 더 낫지 않겠냐는 확신에 찬 이 과장의 목소리를 들으니 연락하길 잘했다는 생각이 들었다고 한다.

- 이 과장 1차 면접 봤는데, 상무님이 아주 마음에 들어하셔.
- 진짜요? 잘됐네요!
- 일단 입이 무거워 보여서 좋대. 상무님은 이리저리 말 옮기는 사람 질색하시거든.

"어? 이 과장도 있었네? 하도 말이 없길래 없는 줄."

이런 식의 잦은 놀림에도 피식 웃고 말던 이 과장의 모습이 퍼뜩 떠올랐다. 2차 면접을 앞두고 있다던 이 과장은 한 달 뒤 김 부장님이 이직한 그 회사로 이직했다.

최종 합격 발표 후 사직서를 제출하자 사람들이 퇴사 후 그의 행보에 대해 연신 물어댔지만, 이직할 회사에 대한 정보는 절대 함구했다고 한다. 가까운 거리에 위치해 서로 알만한 회사였기에 혹시 모를 괴소문들을 차단하기 위해서였다.

　그래도 소문은 퍼졌다. 덕지덕지 여러 살이 붙어 퍼진 소문은 '김 부장이 이직 생각 없는 이 과장을 꼬셔서 데려갔다'라는 거짓말을 만들어 냈지만, 누구도 당사자에게 확인할 생각은 하지 않았다. 그저 입에서 입으로 바쁘게 옮겨댔고, 퇴사한 지 1년이 다 되어가는 나에게까지 닿았다. 그렇게 이 과장이 이직하고 두 달도 채 되지 않아 다시 김 부장님으로부터 연락이 왔다.

　- 같이 일하던 남자 대리가 입사한 지 한 달도 안 돼서 못 하겠다며 사직서를 제출했어.

　- 그래요? 다시 직원을 채용해야겠네요. 또 가르쳐야 해서 번거로우시겠어요.

　- 그래서 말인데, 서 과장하고 연락해 본 적 있어? 12월 말일 자로 퇴사한다던데.

　- 네, 서 과장 퇴사 소식 듣고 연락해 봤는데 퇴사하고 바로 베트남에 한 달 정도 놀러 간대요. 왜요?

　- 서 과장한테 입사 지원해 보라고 할까 싶어서.

　- 에? 부장님이 이 과장 데려갔다고 욕이란 욕은 다 듣고 계시면서. 괜찮으세요?

　- 채용 공고를 냈는데 지원자도 없을뿐더러, 서 과장 똑부러지게 일 잘하잖아. 지금 내가 힘들어 죽을 맛이라, 그

런 소문 신경 쓸 여력도 없다야.

사직서를 제출한 대리 몫까지 해내느라 힘들어 죽겠다며 김 부장님은 서 과장에게 연락해 입사 지원을 해보라는 얘기를 몇 번이나 하고 싶었다고 한다. 하지만 오며 가며 마주치는 이전 회사 동료들과의 관계를 아예 무시할 순 없기도 하고, 무엇보다 이전 회사보다 뚜렷하게 나은 점이 없는 현재 회사를 괜히 추천했다가 서 과장에게 욕먹는 건 아닌지 살짝 염려되었다고 한다.

- 어딜 가나 힘든 건 마찬가지겠죠. 그리고 입사 지원하는 것도 최종 합격 후 입사를 결정하는 것도 본인 선택이니까, 부장님 탓은 아니죠. 안 그래요?
- 하긴, 그렇겠지? 어딜 가나 똑같지. 나도 뭐, 지금 보니 여기도 별반 다를 게 없다 싶다.
- 적어도 하루 온종일 되지도 않는 거로 들볶던 사장님은 없잖아요. 그리고 팀장님들 중에 유일하게 영어에 능통하셔서 전혀 상관없는 그룹 회의에도 매번 불려 다니셨는데, 이젠 적어도 '통역사 역할'은 안 하시지 않아요?
- 그렇지. 여긴 부서마다 영어 잘하는 애들이 있어서 내일 아닌 회의에 불려 다니진 않아.
- 그거 하나는 낫네요. 서 과장한테도 얘기라도 해봐요.

결정은 서 과장이 하겠죠.

　그로부터 한 달 뒤, 서 과장도 이직에 성공했다는 소식을 전해 들었다.

　"전무님이 엄청 마음에 들어 하시는데? 영어 면접을 한 시간이나 봤는데 막힘없이 잘 대답하더래."

　"우리가 저평가돼서 그렇지, 나가면 다들 똑 부러지는 사람들이죠! 괜히 내가 다 뿌듯하네요."

　사장님 비위 맞추기에 급급해 일보다는 술자리에서 더 눈이 반짝거리던 팀장 밑에서, 이것까지 해내면 이것조차 내 일이 될까 두려워 못 들은 척 못 하는 척만 하던 팀장 밑에서 직급 이상의 일을 해내며, 서로에게 피해가 가지 않기 위해 노력했던 지난날 우리의 모습이 떠올랐다. 그렇게 해내면 당연히 우리의 일이 되어 있었고, 사장님은 노고의 값으론 술 한잔이면 된다며 회식 자리를 마련했다. 회식 자리에서 사장님은 무능한 팀장들이라며 나의 상사를 욕했고, 우리는 점점 보고 배울 상사를 잃어갔다.

　- 과장님! 저 돌고 돌아 다시 ○○산업단지로 들어왔어요. 이직 성공했어요!

　서 과장으로부터 이직했다는 카톡을 전해 받은 건, 그

녀가 입사하고 3개월의 수습 기간이 지난 시점이었다.

- 축하해! 잘됐네!
- 저 사실, 김 부장님이랑 이 과장님이랑 같은 회사 다니고 있어요. 수습 기간 다 지나고 말씀드리려고 했어요.

왠지 모른 척해야겠다는 생각이 들었다.

- 아, 진짜? 축하해! 생판 모르는 곳에서 적응하는 것보다는 그래도 한두 명 아는 사람 있는 곳이 더 낫겠네.
- 네, 맞아요. 이직하길 잘한 것 같아요. 여긴 중구난방으로 일 시켜대는 사람 없어요. 제 일만 하면 돼요.

서 과장은 이직한 회사에 만족해했다. 물론 괴팍한 상사가 있긴 하지만, 그래도 이전 회사보다는 훨씬 마음이 편하다고 했다. 김 부장님이 서 과장의 이런 속내를 알게 되면 엄청 좋아하겠다 싶었다.

"그거 알아요? 김 부장님 지금 완전 배신자 됐어요."
이전 직장에서 친하게 지내던 이 대리가 "거지 같은 회사, 그만둘 거예요"라고 엄포를 놓은 지 6개월 만에 이직에 성공해 축하 자리가 마련되었다. 물론 이 과장과 서 과장도 참석한 저녁식사 자리였다.

"왜요? 왜 배신자예요?"

서 과장은 전혀 이해가 되지 않는다는 듯 깐풍기 하나를 집어 들며 물었다.

"왜긴요. 김 부장님이 이 과장님이랑 서 과장님 데리고 갔잖아요."

이 대리는 당연한 사실이라는 듯 말했다.

"누가 누굴 데려가요? 우리가 오란다고 넙죽 갈 사람들도 아니고."

말없이 소주만 들이켜던 이 과장이 어이없다는 듯 받아쳤다.

"데려간 거 아녜요? 스카우트 제의받고 두 분 다 면접 없이 바로 이직한 거 아녜요?"

"뭔 소리야? 우리 절차대로 1차, 2차 면접 다 보고 들어갔어."

"에? 그래도 김 부장님이 좋은 말 해 주지 않았을까요?"

"좋은 말을 해주셨을 순 있지, 그런데 그게 다가 아니라는 거야. 면접 준비 얼마나 열심히 했다고. 나 2차 면접에서 영어 면접만 한 시간이나 봤어! 얼마나 힘들었다고!"

"그리고 김 부장님이 배신자라 소리 들을 만큼 큰 역할 하지도 않았다, 뭐."

묵직한 이 과장의 한마디에 괜히 웃음이 났다.

"중요한 건 이전 회사가 직원들 의견을 무시했다는 거 아닐까? 이 과장도 서 과장도 재직 중에 충분히 힘든 점을 토로했었잖아. 번번이 무시당했을 것이고?"

"맞아요. 저는 직급보다 과분한 업무들이 버겁다는 말을 한 바로 다음 날 팀장 회의에 참석하라는 사장님 지시 받았어요."

"저도요, 전 영업팀인데 2년이 넘도록 기술팀 그룹 회의 참석에 자료 정리까지 다 했었거든요. 왜 내가 기술팀 업무를 해야 하는지 하면서도 짜증 났는데, 퇴사하기 전까지 제가 계속 기술팀 업무를 지원했어요. 일을 시켜야 능숙해지잖아요. 근데 시키지도 않으면서……. 이럴 거면 왜 뽑았나 싶더라고요."

"맞아요. 뭐든 잘하면 안 돼요. 차라리 바보로 사는 게 편해요."

첫 사회생활, 첫 직장의 마지막 소감이 바보로 사는 게 편하다니 씁쓸한 일이다.

- 지난주에 이 과장이랑 서 과장이랑 만났는데, 김 부장님 배신자라고 소문난 거에 정말 어이없어하던데요?

- 그렇지, 내가 무슨 배신자까지……. 상관은 없다만.

- 그래도 사람들이 부장님을 그렇게 생각하고 있는 게 싫지 않아요? 괜찮아요?

- 어쩔 수 없지 뭐. 안 보면 그만인 사람들인데 뭐.

- 그래도…… 부장님. 억울하지 않아요?

- 어휴, 너 몇 번이나 묻니? 괜. 찮. 아. 하루하루 내 일 해내기에도 바쁘고 지쳐.

사실 서 과장이 이직한 회사가 '김 부장이 다니고 있는 그 회사'라는 소문이 나자마자, 이전 회사 인사팀장으로부터 전화를 받았다고 한다.

"그렇게 사람 다 빼가고, 너무한 거 아니에요?"

"그만두고 쉬는 애한테 입사 지원하라는 게 잘못이니?"

"아, 몰라요! 아무튼!"

듣고 보니 맞는 말이라 싫었는지 그 인사팀장도 더 이상 할 수 있는 말이 없던 듯 전화를 끊더란다.

회사의 문제점 따윈 알고 싶지 않을 것이다. 알게 되면 본인 업무가 되어 버릴 거니까. 인정하고 싶지 않은 과오를 마주하게 될 테니까.

새삼 퇴사 전까지 '보고 배우고 싶은 유능한 상사'가 김 부장님이었던 내 안목이 틀리지 않았다 싶다.

진상까진 아니고,
조금 이상한 손님

와플가게에서 아르바이트를 한 지 5개월째에 접어들었다. 활기차게 인사하며 가게로 들어오는 다정한 손님, 꼼꼼하게 머문 자리 정리까지 해주는 고마운 손님, "잘 먹었습니다" 하며 인사까지 잊지 않고 해주는 손님들이 일하는 내내 대화 나눌 이 하나 없는 나에겐 단비와도 같다.

물론 가끔, 아주 가끔 진상 손님까진 아니지만, 나를 당황하게 만드는 이상한 손님이 몇 명 있긴 하다. 그럴 때마다 쉬이 흔들리지 않고 꾹꾹 참아가며 맡은 바 책무를 다해낸 내가 기특하면서도 짠하다.

첫 번째, 한여름에 "에어컨 꺼주실래요?"라고 요구한 손님.

대프리카답게 오전 10시인데 30도가 넘은 7월이었다. 키오스크를 켜고 오픈하자마자 자녀를 어린이집에 보내고 온 듯한 30~40대의 여성 셋이 가게 안으로 들어왔다.

"난 이거 먹을래, 언니는 뭐 먹을래? 아니다, 이거 먹을까? 이게 나은가? 토핑은 뭘 얹지? 언니는 토핑 없을 거야?"

한참을 키오스크 앞에서 고민하느라, 한가한 오전 오픈 시간인데도 키오스크 앞은 이미 대기 줄이 생겨버렸다. 그녀들이 주문한 메뉴는 딸기 젤라토 와플 2개, 초코 바닐라 젤라토 와플 1개, 아이스 아메리카노 2개. 전부 토핑 없는 아이스크림 와플이다.

"주문하신 와플과 음료 나왔습니다. 맛있게 드세요."

와플을 건네주고 다음 손님 와플을 만들고 있는데, 여성 손님 중 한 명이 "저기요"라며 나를 불렀다.

"네?"

"에어컨 좀 꺼주실래요? 여기 왜 이렇게 가게를 춥게 해놔요?"

순간 와플을 기다리고 있던 다른 일행 손님 중 한 명과 내가 눈이 마주쳤고, 서로의 눈빛엔 의아함과 황당함이 담겨 있었다.

"아, 추우세요? 그럼 온도를 좀 높일게요."

"아직 에어컨 안 켜도 되지 않나요? 그렇게 더운 날씨도 아닌데."

매장 입구가 통유리라 햇빛이 직방으로 가게 안에 들어온다. 직원들이 왔다 갔다 하며 와플과 음료를 만드는 안쪽 공간엔 200도의 온도로 설정된 와플 기계가 4대 있고, 그 외에 냉장고, 냉동고, 커피머신, 크림 보관 냉장고에선 작동을 위한 열기가 계속해서 뿜어져 나오고 있다. 더군다나 가게에는 지금 다른 손님들도 있는데, 희망 온도를 올리라는 것도 아니고 아예 에어컨을 끄라니.

그렇게 추우시면 젤라토 와플 대신 일반 크림 와플을 드시지 그러셨어요. 젤라토 와플이 너무 먹고 싶어서 포기가 되지 않으셨다면 음료를 뜨거운 음료를 드시지.

개인 취향대로 고른 메뉴를 내가 왈가왈부할 순 없지만, 아이스 메뉴만 먹고 있으면서 추워 죽겠다고 하는 그녀들은 내게 '이상한 손님들'이었다. 에어컨을 꺼달라는 두 번의 항의로 결국 에어컨을 껐다. 다른 테이블의 손님들은 10분 만에 와플과 음료를 흡입하고 빠르게 가게를 빠져나갔다.

그녀들은 한 시간 반 동안 가게에 머물렀고, 에어컨이 꺼진 가게 안에서 와플 구워대며 재료 준비를 하는 내 등과 얼굴은 땀으로 비가 내리고 있었다.

두 번째, "아! 아무거나 빨리요!"

배달 주문 4건과 포장을 기다리는 대기 손님이 3명 정도 있는 바쁜 시간이었다. 정신없이 일하던 중 나만큼이나 다급한 목소리가 매장 쪽에서 들려왔다.

"아가씨! 여기 와플 주문할게요. 크림 와플이랑 그림에 있는 이거 이거!"

"죄송하지만, 뒤편에 있는 키오스크로 주문 부탁드릴게요."

바쁘지 않은 날엔 직접 주문을 받거나 키오스크가 있는 곳으로 나가 주문을 도와드리기도 하지만, 지금은 도저히 그럴 정신이 없었다.

"아니! 내가 지금 바빠서 그래. 도로에 차를 세워두고 왔거든. 그러니까 크림 와플 그냥 줘요."

"손님, 앞에 기다리시는 분들이 계셔서 손님 것부터 먼저 드릴 수는 없고요. 크림도 종류가 다양해서 골라주셔야 해요. 키오스크에 보시면 선택하셔야 하는 부분들 다 나오니까 주문 부탁드릴게요."

"아니, 내가 지금 바쁘다고. 차를 밖에 세워두고 왔다니까."

키오스크로 주문할 생각은 1도 없다는 듯, 단속에 걸려 차가 견인되진 않는지 계속 도로변을 주시하며 "그냥 크림 와플 줘, 크림 와플"이라는 말만 되풀이하고 있었다. 마치 단속 걸리면 빨리 와플을 내어주지 못한 내 탓이 될 것만 같은 기분에 마음이 조급해졌다. 급해진 건 마음뿐, 계속 말을 걸어대는 바람에 와플 만드는 속도는 현저히 느려졌고, 아무것도 지키지 않고 무작정 요구만 해대는 이상한 손님에게 짜증이 났다.

"손님, 죄송하지만 지금 주문하셔도 앞에 대기하시는 손님들이 계세요. 그리고 제가 지금 주문이 밀려서 정신이 없어 도와드릴 수 없을 것 같으니, 키오스크로 주문이 어려우시면 주차를 다른 곳에 하고 오셔서 천천히 메뉴를 고르시는 게 나을 듯합니다."

"아무거나 달라니까. 거참 유도리 없네!"

중년 아주머니는 뜻대로 되지 않자 결국 신경질을 내며 가게를 나갔다. 온몸에 힘이 쫙 빠져나가는 기분이 들어, 들고 있던 와플을 잠시 내려놓았다. 한바탕 소나기가 지나간 듯했다. 매장 안에 있던 손님들도 나도 뭔가 기 빨린 듯 잠시 정적이 흘렀다.

다시 정신을 가다듬고 포장을 기다리는 손님들의 와플을 만들어 곱게 포장했다.

"1018번 손님, 주문하신 와플 나왔습니다. 맛있게 드세요."

"감사합니다. 수고하세요."

"1019번 손님, 주문하신 와플 나왔습니다. 맛있게 드세요."

"네, 수고해요."

"1020번 손님, 주문하신 와플 나왔습니다. 맛있게 먹어요~"

"안녕히 계세요."

기분 탓인지 와플을 받아 가는 매장 안 손님들의 인사가 평소보다 더 다정하게 느껴졌다.

셋째, "곧 가지러 갈게요"라고 하고 오지 않는 손님.

"저, 가지러 갈 건데요. 애플 시나몬 와플이랑 초코 젤라토 와플 하나 포장해 주세요."

"언제쯤 도착하시나요?"

"지금 출발하니까 10분 정도 걸려요."

"네, 알겠습니다."

평소처럼 대수롭지 않게 메뉴와 가게 도착 시간을 물어보고 전화를 끊었다. 손님이 오면 바로 결제할 수 있도록 포스기에 주문한 메뉴와 결제할 금액 창도 열어 두고, 빠르게 와플을 만들어 예쁘게 포장한 뒤 냉동고에 넣어두었다.

약속한 10분이 지났는데 오지 않는다. 뭐, 조금 늦겠지. 20분이 지나니 조금씩 신경 쓰이기 시작했다. 안 오진 않겠지? 기다린 지 30분이 지나자 일이 손에 안 잡히고 가게

문만 하염없이 쳐다보게 되었다. 10분 안에 온다던 그 손님은 결국 오지 않았다.

'한참 어린 점장이 이 사실을 알면 내가 얼마나 멍청해 보일까? 계좌이체로 결제를 먼저 할 걸 그랬나? 아냐! 내 탓이 아니야! 전화 주문해 놓고 오지 않은 그 사람이 이상한 거야!'

"제가 늦었죠? 죄송해요. 오다가 글쎄⋯⋯."

이런 말과 함께 손님이 헐레벌떡 가게 안으로 뛰어 들어올지도 모른다는 기대를 버리지 못한 채였다가, 무작정 믿어버린 나를 자책했다가, 약속을 어긴 손님을 원망하기를 반복했다.

"다음부터는 미리 결제를 하든가 해야겠어요. 저도 전화 주문 몇 번 받아봤는데 이번처럼 안 오시는 손님은 없었거든요. 저 같아도 똑같이 했을 거예요. 너무 상심하지 마세요."

오후 근무 시간에 출근한 점장이 나를 위로해 주었다.

"안녕하세요?"

아는 사람에게 건네는 듯한 친밀감이 느껴지는 인사에, 나도 모르게 홀린 듯 애교 잔뜩 섞인 목소리로 "안녕하세요~" 하고 인사하며 고개를 돌렸다. 방금 막 오레오 누텔라 와플을 사간 여학생이었다. 왼쪽 손목에 대롱대롱 와플

봉지를 달고 친구와 함께 다시 가게에 왔다.

"친구도 와플 산다고 해서 따라왔어요."

"아, 그래? 맛있는 거 골라~."

"저랑 같은 거 먹는대요. 오레오 누텔라."

"언니도 누텔라초코 엄청 좋아해."

내가 언니가 맞을까? 이모라고 할 걸 그랬나 싶지만 아직 나는 언니이고 싶다.

"감사합니다."

"그래요. 맛있게 먹어요~."

"네, 안녕히 계세요."

참 인사성도 밝다. 인사에 인색하지 않은 손님을 마주하면 기분이 좋아진다. 아니! 기분이 좋아지는 걸 넘어 들뜬다. 난 참 이렇게 쉬운 사람이다.

이상한 손님이 가게를 휩쓸고 간 오늘도 선물처럼 다정한 손님이 다녀갔다. 이걸로 충분히 다시 와플가게로 출근할 힘이 생긴다.

세상엔 참 다양한 사람들이 있다는 걸 깨닫는다. 유익한 사람만 만나기에도 짧은 인생인데, 굳이 유해한 사람까지 만나게 하지는 마시길. 하루를 시작하며 마음속으로 어느 신이든 상관없으니 내 기도를 들어주시기를 바라는 요즘이다.

그녀의 꿈을
응원합니다

　포항으로 여름휴가를 떠났던 8월 첫째 주, 2시간 동안
의 바다 수영을 끝내고 저녁을 먹으려는데, 남동생에게 전
화가 왔다.

　"내일 뭐 해?"

　"내일? 나 지금 포항인데?"

　"아? 휴가 간다고 했던가?"

　"어, 그래서 이번 주 아르바이트도 한 달 전에 점장님한
테 말해서 대타 구해놨었지."

　"……. 점장이 공황장애로 또 쓰러졌대."

　"어? 왜? 언제?"

　"지금. 그래서 아무래도 그만둬야 할 것 같다고 전화 오
고 그 뒤로는 통화가 안 되네."

"점장님 괜찮으려나? 많이 힘들었나 보네. 오래 다니고 싶다고 했었는데. 그럼 언제 그만둔대?"

"내일부터 못 나오겠대. 그래서 당장 큰일이야."

7월 31일인 어제까지만 해도 8월부터 가게 오픈시간이 변경되었으니 9시 30분이 아닌 10시까지 출근하면 된다는 카톡을 주고받으며 다음 주에 보자는 인사도 나눴었는데, 하루 만에 점장님의 퇴사 소식을 접하니 어안이 벙벙했다. 발주와 월 마감, 직원 일정 관리를 두루두루 해온 점장이었기에 갑작스러운 점장의 퇴사는 동생에게 더욱 크게 와닿았을 것이다. 통화를 끝내고 곰곰이 생각해 보니, 그녀의 퇴사 트리거로 짐작되는 사건이 최근 있긴 있었다.

- 얘들아. 내가 할 말이 있어.

7월 마지막 주, 낯선 이름들이 수두룩한 단톡방으로 누가 날 초대했나 봤더니 점장님이었다. 아르바이트생 총 10명이 초대된 단톡방으로 참고 참던 감정이 터진 듯 점장님이 말들을 쏟아내기 시작했다.

- 못 나오는 날 있으면 일주일 전에 말해달라 했는데, 이번 달 대타 구한 것만 벌써 8번째야. 내 일 다 하면서 대타까지 하니깐 너무 지친다. 웬만하면 본인 근무 날은 근

268

무하도록 하자. 또 진짜 너희한테 정말 중요해서 절대 빠질 수 없는 그런 날이 있으면, 대타가 안 구해질 수도 있으니 한 달 전엔 말해서 그때부터 같이 찾아보자. 갑자기 말하면 진짜 나 너무 힘들다.

가게 냉동고 옆에 붙어있는 직원 일정표에 점장님의 고정 휴무일인데도 '점장 오픈 4시간, 점장 16시 30분~22시 30분'이라며 근무가 계획된 날들이 있었다.

대수롭지 않게 여겼는데, 이번 달만 대타 근무를 8번이나 했다니 정말 힘들었겠다 싶었다. 점장님에게 이곳은 직장이다. 갑작스러운 이전 점장의 퇴사로 입사한 지 6개월 만에 점장으로 승진한 뒤, 그녀가 가장 힘들었을 일은 아무래도 '인재 관리'였을 것이다. 김 부장님도 그랬다. 부장으로 승진하고 가장 신경 쓰이고 힘들었던 게 '팀원 관리'였다고.

8월 첫째 주 휴가를 계획했던 7월 초, 점장님께 조심스레 물어봤었다.

"혹시 8월 3일이랑 4일, 이틀 정도 대타 구할 수 있을까요? 휴가를 계획하고 있어서요."

"아, 휴가 가세요? 음…… 알겠어요. 일단 제가 최대한 대타 구해볼게요."

"혹시 대타 구하기 힘들면 제가 그냥 나와도 되니까 너무 무리하진 말고요."

"아니에요. 저 아파서 일주일 쉴 때 많이 도와주셨잖아요. 제가 꼭 시간 빼 드릴게요."

물론 한 달 전에 미리 얘기한 나의 휴가 일정이었지만, 나처럼 대타를 요청하는 아르바이트생이 유독 많은 7월이 고단했을 점장님을 생각하니 마음이 불편해졌다.

성실한 점장님은 나에겐 괜찮다고 했지만, 사실 괜찮은 게 아니었나 보다. 밝은 카톡 속 숨겨진 그녀의 고단함이 결국 그녀를 다시 주체할 수 없는 감정의 소용돌이로 이끈 건 아닌지 걱정되었다.

"본인이 못 하겠다고도 하고, 우리도 갑작스러운 점장 부재로 가게가 제대로 운영이 안 되니까……. 새로 사람을 구할 수밖엔 없을 것 같아."

"점장 직급으로 구할 거야?"

"아니, 매니저 직급으로 구하려고. 그럼 매니저가 총 두 명이 되니까, 한 명은 '아르바이트생 관리'를 전담 업무로 시키려고. 그리고 발주나 전반적 가게 관리는 이제 와이프가 직접 할까 해."

"올케가? 9월에 복직한다며?"

"복직을 할지, 가게 일을 맡아 할지 계속 고민하고 있었거든. 이참에 잘됐지, 뭐."

"하긴, 가게에 사장이 출근하긴 해야 해."

"맞아. 그렇게 결정하고 나니 속이 후련해."

매니저를 해볼 생각은 없냐며 동생이 나에게 몇 번 물었다. 그때마다 나는 마흔에 다시 시작된 진로 고민에 선뜻 그러겠다고 대답할 수 없었다. 왜냐하면 여러 가지 일을 동시에 못 하는 성격 탓에, 와플가게 일의 비중을 지금의 몇 배로 늘리게 되면 나름의 인생 계획들이 흐트러질 것만 같았기 때문이다. 난 왜 동시에 여러 가지 일을 못 하는 걸까? N잡러들이 부러울 뿐이다.

성실한 점장님에게 마지막 인사를 하고 싶었지만, 주말이라 꾹꾹 참았다. 주말 개인 시간을 괜히 방해하는 건 아닌지 염려되었기 때문이다.

월요일 아침, 책 읽으러 들른 카페에서 책장을 펼치기 전 카톡을 열어 점장님에게 하고 싶었던 말을 썼다. 어떤 위로와 용기의 말을 해줄지 한참 고민했지만, 시간이 약이라는 고리타분한 말밖에 생각나지 않았다. 나 또한 번아웃으로 힘들어했던 순간들을 떨쳐내는 데에는 시간이 약이었음이 분명했기 때문이었다.

비록 그녀의 퇴사로 연결되어 있던 인연의 끈은 사라졌지만 좋은 인연이었기에, 언제든 그녀에게 도움이 되고 싶었다. 그녀가 원한다면 말이다. 오지랖이라면 오지랖이겠지만, 뭐 어쩌겠는가? 이게 나인 것을.

점장님의 꿈은 쌀 베이킹을 전문으로 하는 카페를 개업하는 것이라 했다. 내가 아는 성실한 점장님이라면 분명 그 꿈을 이룰 것이다. 혹시나 고맙게도 나를 잊지 않고 카페 개업을 알려와 준다면, 개업 축하 금전수를 오른쪽 가슴에 끼고 웃으며 그녀의 카페에 가겠다. 그게 언제가 되든 말이다.

너의 응원이 쏘아 올린
나의 용기

"20년 전부터 내가 글 써보라고 했지! 결국 제자리로 돌아왔네."

나와 너무 닮은 20년 지기 친구가 회사를 그만두고 글을 쓰기 시작했다는 나의 쑥스러운 고백에 박수까지 치며 기뻐했다. 기뻐하는 그녀를 보며 나는 왠지 모를 안도감을 느꼈다.

고등학교 재학 시절엔 대화 한 번 나눠보지 않은 옆 반 애로 얼굴만 알고 있었던 우리는, 뻘쭘했던 대학교 학과 OT에서 낯익은 서로를 발견하곤 누가 먼저랄 것도 없이 서로에게 다가갔고 급속도로 친해지게 되었다.

지금 생각해 보면 내향적인 우리에게 어디서 그런 용기

가 나왔었는지 알다가도 모를 일이다. 우리 학과에 같은 고등학교 출신은 오직 우리뿐이었던 우연을 시작으로 힘들었던 취준생 시절, 그녀의 결혼과 출산, 술잔에 한 주의 스트레스를 풀어내는 회사원이 되어서까지, 사회인으로 성장해 가는 모든 시간 속에 우리는 함께였다.

둘 다 낯가림이 심해 선뜻 누구와 친해지지 못하는 성격이라 얼마나 서로가 소중했는지……. 나는 부끄럼 많던 그때의 우리 모습이 너무 선명해 사무치게 그립다.

회사를 그만두고 시작한 나의 글쓰기를 주변 사람들에게 말할 용기가 도저히 생기지 않았다. 예전부터 글을 쓰고 싶었지만 이제야 글을 써볼 용기가 생겼다는 나의 결심이 남아도는 시간에 겨우 찾은 할 일로 치부되거나 허영으로 보이진 않을까 걱정되었고, 응원한다는 그들의 말속에 사실은 전혀 다른 진심이 숨겨져 있을 거라 상상의 나래를 펼치다 지독한 자격지심에 빠져버리진 않을까 염려되었기 때문이다.

차라리 그냥 놀고먹으며 지내고 있다고 이야기하는 게 마음이 편했고, 그래서 지금은 이 친구를 제외한 나의 주변인들은 내가 24시간 중 대부분의 시간을 무엇에 열중하고 있는지 아무도 모른다. 아니, 열중하는 행위 자체를 하고 있다고 생각하지 않을 수도 있겠다.

하지만 대학 시절부터 나의 글재주를 좋게 평가해 주던 이 친구에게만은 말하고 싶었다. 내가 이렇게 용기를 냈으니 나에게 힘을 달라고 떼쓰고 싶었던 것 같다. 많은 염려를 물리치고 어렵게 꺼낸 나의 고백에 그녀는 너무 기뻐서 눈물 날 것 같다며 예상보다 더 격정적으로 화답해 주었다.

감격해하는 그녀의 모습이 내 결정에 대한 의심들을 거둬들이게 해주었다. 나보다 더 내 재주를 믿어 의심치 않아 준 그녀 덕에 나 자신도 내 도전을 응원할 확신이 생겼다.

시작조차 하지 못한 일은 미련으로 남게 되고, 그 미련은 불쑥불쑥 올라와 내 앞을 가로막으며 과거에 연연하게 만든다. 그렇게 미련은 후회를 반복시키고, 익숙하게 만든다. 남들 정도로 밥벌이는 하고 살려면 하고 싶은 것만 하며 살 순 없는 것이고, 그 하고 싶은 것을 기어코 하려 한다면 경제적으로 충분한 준비가 되어 있어야 하지 않겠냐며 자신에게 핑계를 댔지만, 사실은 겁이 났던 것 같다. 아무것도 아니었던 시작이 되어버릴까 봐, 실패만 맛보고 아무것도 남게 되지 않아버릴까 봐.

여전히 겁은 난다. 여전히 타인의 시선이 신경 쓰이고 그들의 한마디에 흔들리고 나를 의심한다. 실패를 성공의 어머니로 여기며, 실패를 교훈 삼아 더 나은 방향으로 발전하려는 큰마음을 지니지 못한 졸렬한 마음의 소유자인 것도 여전하지만, 더 이상 후회에 익숙해지고 싶지는 않다. 그래서 미루던 나의 미련이 후회로 발현되지 않도록 휴식을 선택한 지금, 글쓰기에 온 마음을 다해 시간을 들여보기로 했다.

매일 글을 쓰려고 하니 자연스레 '나'에 대해 생각하는 시간이 늘어났다.

'나'를 생각하는 시간이 늘다 보니 내가 어떤 사람인지 조금씩 알게 된다.

내가 어떤 사람인지 알게 되니, 나에게 너그러워졌다.

나에게 너그러워지니, 타인에게도 조금씩 너그러워진다.

내가 먼저 타인에게 너그러워지니, 타인도 나에게 조금씩 너그러워진다.

글쓰기를 하며 내가 정리가 되어간다.

글쓰기를 하니 무엇이든 하고 싶은 욕구가 생겨난다.

그게 무엇이든 할 수 있을 것 같다.

이 모든 선순환의 영광을 의심 많은 나의 굳은 심지가 되어준 친구에게 돌리고 싶다.